KB117546

신화 속 주인공이
미래로 소환되었습니다

신화 속 주인공이
미래로 소환되었습니다

조영주·정명섭·이현서·윤자영

책이라는 신화
BOOK OF LEGEND

차례

조영주

경기도 평택에 산다. 사는 곳, 가는 곳, 만나는 사람들의 이야기를 듣고 모아서 글로 쓴다. 세계문학상, KBS김승옥문학상 신인상, 대한민국 디지털작가상 등을 받았다. 뜻이 맞는 작가들과 함께 책 내기를 좋아한다. 앤솔러지 『당신의 떡볶이로부터』 『환상의 책방 골목』 『코스트 베니핏』 등을 기획 및 출간했으며, 이 중 『환상의 책방골목』은 러시아·인도네시아·터키 등 3개국에 수출됐다. 이 책에 실린 「999번을 죽어야 귀신이 된다」를 모티프로 장편소설을 쓰고 있다.

999번을 죽어야 귀신이 된다

사슴숲공원에 비바람이 몰아쳤다. 지난주까지만 해도 만발했던 벚꽃이 비바람을 이기지 못하고 떨어졌다. 푸른 잎이 아직 돋지 않은 벚나무는 4월의 봄나무라기보다 2월의 겨울나무에 가까웠다.

교복을 입은 한 여학생이 벚나무가 줄지어 선 길을 힘없이 걸어 간다. 여학생의 이름은 신미유, 신화여자중학교 1학년이다. 미유는 비바람이 머리카락과 얼굴, 교복을 흠뻑 적시게 내버려뒀다. 한 손에 우산을 들고 있지만 쓸 생각은 없다.

미유가 가는 길 끝에 사슴사육장이 있다. 사슴사육장에는 출입 금지 푯말이 걸려 있었다. 일주일 전 일어난 사건 탓인 모양이었다. 미유는 구름다리를 향해 걸었다. 구름다리로 올라가니 사슴사육장을 내려다볼 수 있었다.

미유는 사슴사육장 구석에 꽃이 활짝 피어 있는 벚나무로 시선을 돌렸다.

공원의 다른 벚나무는 모두 꽃이 졌건만, 사슴사육장에는 여전히 자태를 뽐내는 벚나무가 한 그루 있었다. 상식적으로 생각하면 구름다리 덕에 비바람을 피한 것이리라. 하지만 지금 이 순간, 우울함에 휩싸인 미유에게 만발한 벚나무는 희망의 상징처럼 보였다.

미유가 벚나무를 향해 손을 뻗었다. 벚꽃 잎에 손이 닿으면 우울의 원인이 사라지기라도 할 것같이 애타게. 손이 닿을 리 없었다. 연이어 미유는 벚나무 아래 삼삼오오 짝을 지어 모여 있는 사슴들을 향해 손을 움직였다. 지난주에 와서 손을 뻗었을 때는 사슴들이 미유에게 다가와 손가락 끝을 핥아 주었다.

'이젠 그러지 않겠지.'

그 사건 탓에 사슴들은 인간에게 두려움을 갖게 되었으리라.

미유가 손을 거둬 교복 주머니에 넣었다. 그러곤 사슴사육장의 흐드러진 벚나무를 빤히 내려다보았다.

얼마 안 가 벚나무 아래 모여 있던 사슴 무리 중 한 마리가 천천히 움직였다. 사슴은 구름다리 방향으로 걸어오더니 미유를 올려다봤다. 못생긴 사슴이었다. 털이 듬성듬성 빠져 있는 데다 등에는 커다란 검은 반점이 몇 개 있었다.

미유는 한참 동안 사슴과 눈을 마주치다가 아주 작게 말했다.

"차라리 죽고 싶어."

그 순간 돌풍이 불었다. 미유의 발이 살짝 공중에 떴다.

*

미유가 속한 신화여중 1학년 2반에는 이른바 핵인싸가 있다. 이름은 조빈, 미유의 짝꿍이다.

빈은 공부를 잘한다. 집도 잘살고 얼굴도 예쁘다. 하지만 뭐니 뭐니 해도 압도적으로 인기를 끄는 이유는 빈이 운영하는 SNS 계정 덕이다. 빈의 SNS 팔로워는 만 명이 넘는다. 신화여중에서 가장 팔로워가 많다. 빈은 이 계정에 반려견과 함께 찍은 셀카 사진을 자주 올린다.

빈이 키우는 개 이름은 '위시', 웰시 코기 암컷이다. 빈의 부모는 빈이 태어날 때 위시를 입양했다.

위시는 나랑 같은 날 태어났어요.

엘리자베스 여왕이 키우던 멍멍이의 먼 친척이에요.

진짜 공주님!

내 쌍둥이 공주님 위시!

내 소원은 내가 어른이 될 때까지 너랑 오래오래 같이 사는 거야!

빈은 이런 글과 함께 위시의 족보를 공개했다. 족보에는 위시의 할아버지뻘에 영국 왕실 개의 이름이 적혀 있었다. 사람들은 족보가 대단한 열네 살 위시에게 열광했다.

미유도 개를 한 마리 키운다. 이름은 '점보', 수컷이다. 미유의 부모는 유기견보호소에서 점보를 데려왔다. 미유의 부모가 데려오지 않았다면, 점보는 사흘 후 안락사가 될 처지였다.

미유 가족이 점보와 산책할 때면 사람들은 자주 품종을 물었다.

"진돗개인가 봐요?"

"시바인가?"

"시베리안 허스키치고 좀 작네?"

그때마다 미유의 부모는 당당하게 말했다.

"그냥 잡종이에요. 정확히는 남양주 뒷산 잡종이죠."

사람들은 미유의 부모가 이렇게 대답할 때마다 당황하며 "그, 그럼요. 품종이 뭐 중요한가요" "너무 귀여워요" 하고 점보를 쓰다듬거나 간식을 주기 일쑤였다.

미유는 자신과 마찬가지로 반려동물을 아끼는 빈에게 호감을 느꼈다. 빈의 SNS에 위시에 대한 글이 뜰 때마다 '좋아요'를 누르고 댓글을 달며 호감을 표현했다.

– 안녕! 나도 동갑인 강아지를 키워! 이름은 점보!

빈은 미유의 댓글에 일일이 답글을 달아 주었다.

 – 와, 반가워! 언제 만나서 위시랑 같이 놀면 좋겠다!

미유는 빈의 답글이 무척 반가웠다. 언젠가 정말 함께 만나서 강아지 산책을 한다면 좋을 것 같았다.

올해 이 소망이 현실이 됐다. 미유가 빈과 같은 신화여중에 진학한 것이다. 게다가 빈은 미유의 짝꿍이었다. 미유는 신이 나서 빈에게 바로 아는 척을 했다.

"빈, 혹시 나 기억해? 미유라고 네 SNS에 댓글도 많이 달았는데."

"기억하지! 너도 강아지 키운댔지? 이름이 점보!"

"이따가 우리 함께 산책할래?"

"좋아!"

"그럼 학교 끝나고 삼십 분 뒤에 후문에서 만나자!"

그날 미유는 시간이 어떻게 가는지 알 수 없었다. 학교가 끝나자마자 집으로 돌아와 점보와 함께 집을 나섰다.

신화여중 후문에 빈이 벌써 와 있었다. 빈은 셀카봉을 들고 위시와 자기 모습을 핸드폰으로 촬영하고 있었다. 미유는 반가운 마음에 멀리서부터 손을 흔들어 인사했다.

"빈! 위시!"

빈은 마찬가지로 미유를 보며 반갑게 손을 흔들더니 셀카봉을 든 채 위시와 함께 다가왔다. 위시는 걸으니까 더 귀여웠다. 다리가 짧아 뒤뚱뒤뚱 걸었다. 빈은 미유에게 다가오자마자 어깨동무를 한 다음 자연스레 미유가 핸드폰을 보게 했다. 핸드폰 화면에 빈과 미유의 얼굴이 떠 있었다.

"여러분! 제가 미유를 만났습니다! 미유, 지금 라방 중이야!"

무려 오백 명이 넘는 사람이 실시간으로 미유와 빈, 점보와 위시를 보고 있었다.

미유도 위시의 사진을 찍고 싶었지만 일단 허락을 맡아야 할 것 같아 참았다. 그런데 빈은 미유의 허락 없이 방송을 하고 있었다.

"일단 인사해. 인사!"

"아, 안녕하세요. 신미유예요."

미유는 불쾌했지만 참았다. 점보와 위시의 기분이 좋아 보였기 때문이다. 점보와 위시는 꼬리를 살랑살랑 흔들며 서로의 냄새를 맡고 있었다.

빈은 이런 점보와 위시를 향해 카메라를 들이대며 소리쳤다.

"여러분! 점보는 무슨 품종일까요, 맞혀 보세요!"

─ 시베리안 허스키네.

─ 시바 같은데?

– 진돗개 아냐?

평소 점보를 데리고 다니면 흔히 듣던 말이 모두 나왔다.
"자, 여러 의견이 나오고 있어요! 미유, 정답을 말해 줘!"
"시고르자브종입니다!"
"응? 뭐라고?"
빈이 한 번에 못 알아듣고 다시 물었다. 미유가 다시 답하려는데 화면에 글이 연달아 올라왔다.

– ㅋㅋㅋㅋㅋㅋㅋㅋㅋ 시골잡종

– 잡종이네 ㅋㅋㅋㅋ

– ㅋㅋㅋ 잡종잡종 대박 잡종 ㅋㅋㅋㅋ

– 잡종 라방이라니 ㅋㅋㅋㅋㅋ

한참 웃는 댓글에 이어 이번에는 옹호하는 댓글이 떴다.

– 너무 매너 없네. 잡종이 뭐?

– 잡종이면 안 되나?

곧바로 이를 비꼬는 댓글이 연이었다.

- 성인군자 납셨네.

- 우리가 잡종 보려고 이거 켰나?

- 영국 왕실 개 보려고 켰지?

댓글에서 설전이 계속됐다. 미유는 이런 반응이 처음이었다. 이 상황에 대해 뭐라 말해야 할 것 같았지만 딱히 할 말이 떠오르지 않아 넋을 놓고 빠르게 올라가는 댓글만 바라보았다.

"여러분! 개는 모두 귀엽고 예뻐요! 잡종이라고 뭐라고 하시면 안 되죠!"

다행히 빈이 대신 대꾸해 주었다.

- 미안, 빈. 화내지 마.

- 내가 잘못했어. 잡종이라고 뭐라고 하다니.

- 그럼! 품종이 뭐가 중요해!

사람들은 금방 수그러들었다.

미유는 빈에게 고마웠다. 역시 빈은 SNS에서 본 그대로 좋은 사람이었다. 빈은 몇 마디 더 하고 나서 라이브방송을 종료했다.

"야, 너 안 떨어져!"

빈은 방송을 끄자마자 소리를 질렀다. 그러곤 위시의 목줄을 확

잡아당겨서 점보와 거리를 뒀다. 위시가 깽, 하고 비명을 질렀지만 빈은 무시했다. 놀란 점보가 그런 위시에게 다가가 핥아 주려고 했다. 빈은 비명을 지르며 점보를 향해 발길질을 했다. 점보가 잽싸게 움직인 덕에 가까스로 맞는 건 피했다.

"너 왜 그래! 점보가 맞을 뻔했잖아!"

미유가 점보 앞을 가로막으며 소리쳤다.

"미리 말을 해 줬어야 할 거 아냐! 잡종이면 잡종이라고! 이게 뭐야, 라방에서 쪽팔리게!"

미유는 황당했다.

"허락도 안 맡고 라방 내보낸 건 너잖아? 게다가 점보가 잡종인 게 뭐가 잘못된 건데?"

"어이가 없어서 정말."

빈은 기가 찬다는 듯 웃음을 지었다.

"그래, 내가 발길질한 건 미안하게 됐어. 맞지는 않았지만. 아무튼 됐고, 난 이만."

빈은 더 상대하기도 싫다는 듯 위시를 데리고 가 버렸다.

위시는 빈을 따라가면서도 자꾸 뒤를 돌아보았다. 점보와 더 놀고 싶은 것 같았다. 점보 역시 마찬가지였다. 멀어져 가는 위시를 향해 가볍게 꼬리를 흔들다 결국 푹 내렸다.

"뭐 저런 게 다 있어, 정말!"

미유는 분노했다. 가만있으면 안 된다고 생각했다. 집에 돌아가 엄마가 오기만 기다렸다.

미유 부모님은 맞벌이다. 아빠는 회사에 다니고 엄마는 대형마트에서 일한다. 미유는 엄마가 아르바이트를 끝내고 오기를 기다렸다가 방금 있었던 일을 모두 이야기했다. 엄마 또한 화를 냈다. 엄마는 그 즉시 빈의 엄마에게 전화를 걸었다.

"안녕하세요, 여기 신미유 집인데요. 조빈 어머니 맞으시죠?"

엄마는 미유에게 들은 이야기를 그대로 전했다. 엄마의 목소리는 처음에 날이 서 있었지만 점점 누그러졌다.

"미유야, 전화 받아. 빈이 사과한대."

엄마가 미유에게 전화를 건넸다.

"미유야, 미안해. 아까 내가 심했지? 라방에서 창피를 당해서 그랬어. 미안해!"

빈은 정말 미안해 하는 말투였다. 좀 울먹이는 것도 같았다. 미유는 바로 마음이 풀렸다.

"아냐! 나야말로 미안해. 갑자기 전화 받고 놀랐지?"

"그래, 우리 화해하자! 내가 떡볶이 사 줄게. 진짜 맛있는 집 알거든! 지금 바로 나올래?"

빈은 떡볶이집 주소를 알려 주었다. 미유는 기분이 좋아져 곧장 집을 나섰다.

떡볶이집에는 빈이 먼저 와 있었다. 그런데 빈은 혼자가 아니었다. 같은 반 여자애들 모두와 함께였다.

"다들 언제 왔어?"

미유가 살갑게 인사하며 테이블 끝자리에 앉았다. 아이들은 대답하지 않았다. 서로 대화하느라 바빴다.

"이 집 떡볶이가 그렇게 맛있어?"

미유는 포크로 떡볶이를 집어 먹으며 다시 말을 걸었다. 아이들은 그런 미유를 상대하지 않았다. 미유는 뭔가 이상하다고 느꼈지만 떡볶이가 맛있으니까 그걸로 됐다고 생각했다.

다음 날 아침, 미유는 등교하자마자 다시 한번 무시당하는 걸 경험했다.

"좋은 아침!"

아무도 미유에게 대꾸하지 않았다. 아이들은 뭔가 이야기를 하다가 말을 뚝 멈추고는 가만히 미유를 바라보았다.

미유는 또다시 뭔가 이상하다고 느꼈지만 그럴 수 있다고 생각했다. 아침이니까, 선생님이 왔으니까 그런 거겠거니 했다. 그러나 한 시간, 두 시간이 지나도 아이들의 태도에 변함이 없자 불안해졌다. 아이들은 자기네끼리 신나게 대화를 하다가도 미유가 말을 걸면 입을 다물었다.

아이들이 작정하고 자신을 무시한다는 걸 미유가 확신한 건 점심시간이었다. 급식이 나왔다. 미유에게 같이 먹자는 아이는 한 명도 없었다. 심지어 짝꿍인 빈은 미유 보란 듯이 식판을 들고 다른 자리로 갔다.

　미유는 이 상황을 이해할 수 없었다.

　'어제 일 때문인 걸까?'

　그렇다면 더욱 말이 안 됐다. 잘못한 건 빈이다. 빈이 점보에게 발길질을 했고 미유에게 화를 냈다. 그런데 왜 미유가 이런 일을 당해야 한단 말인가?

　미유는 자리에서 일어났다. 그러곤 빈에게 다가가 말을 걸었다.

　"나한테 왜 이래? 잘못한 건 너 아냐?"

　"내가 뭐?"

　빈은 생글생글 웃으며 미유를 바라보았다.

　"네가 우리 점보한테 잡종이라고 했잖아. 점보 발길질한 건 너잖아! 그런데 왜 나한테 이래!"

　갑자기 빈의 표정이 굳더니 그대로 울음을 터뜨렸다.

　"너야말로 정말 너무한다! 내가 발길질을 한 건 잘못했어! 하지만 안 맞았잖아! 그래도 사과했는데 엄마한테 이르더니 이젠 학교에 와서 또 따져? 대체 나한테 왜 이러는데!"

　빈의 말이 끝나기가 무섭게 다른 아이들이 소리를 질렀다.

20

"너 진짜 빈한테 왜 그래?"

"빈이가 뭘 그렇게 잘못했는데!"

"고자질쟁이 주제에!"

"거기, 왜들 그렇게 시끄러워! 조빈, 넌 왜 울어!"

소동이 커져 담임선생님까지 왔다.

"아무것도 아니에요, 선생님. 진짜 아무것도 아니에요."

빈이 울면서 말했다. 이게 다른 아이들을 더욱 화나게 했다.

"아니긴 뭐가 아냐! 신미유가 조빈 괴롭혀서 그래요!"

"어제 신미유랑 조빈이랑 싸웠는데, 신미유가 아직도 따지고 화내서 빈이가 우는 거예요!"

"뒤끝 작렬이라니깐요? 사과했는데도 계속 화내요!"

미유는 황당했다. 하지만 아이들의 말에 반박할 수가 없었다. 빈이 사과를 한 건 사실이었으니까.

미유는 선생님께 잔뜩 혼이 났다. 선생님이 보는 앞에서 빈에게 사과를 한 후 반성문까지 쓰고 나서야 집에 돌아올 수 있었다. 미유는 갑갑한 마음에 부모님께 이야기를 했다. 부모님은 바로 담임선생님께 전화를 했다. 하지만 담임선생님과 전화 통화를 한 후 혼이 난 건 오히려 미유였다.

"네가 잘못했네. 왜 다 끝난 일로 화를 냈어?"

"그게 아니라니까! 날 무시했다니까?"

"전날 싸웠으니 어색해서 그런 거겠지."

"아니라니까!"

미유는 갑갑했다. 하지만 어떻게 해도 말이 통하지 않았다.

다음 날부터 아이들은 당연하다는 듯 미유에게 말을 걸지 않았다. 그렇게 미유는 1학년 2반 공식 왕따가 되었다.

빈이 미유에게 다시 말을 걸어온 건 4월 1일이었다.

"사생 대회, 같이 갈래?"

미유는 빈의 말에 긴장했다. 4월 1일은 만우절이다. 자신을 괴롭히려고 뭔가 수를 쓰는 게 분명했다.

"만우절 장난 아냐. 정말 같이 가자고."

"지, 진짜?"

목소리가 갈라져 나왔다. 상대해 주는 사람이 없어 거의 말을 안 한 탓인 듯했다.

"응, 진짜!"

미유는 반쯤 의심하면서도 일단 빈을 믿어 보기로 했다.

"미유 왔어!"

다음 날, 4월 2일에도 빈은 미유가 학교에 오자마자 다정하게 맞아 주었다. 미유는 이제 정말 왕따가 끝났다는 생각에 안심했다.

지난 한 달간 미유는 너무 힘들었다. 자신이 입만 열면 싸늘해지는 학급 공기를 참을 수 없어 쉬는 시간이면 무조건 여자 화장실을 찾았다. 여자 화장실에는 다른 반 아이들이 있었다. 그들 중 자신과 같은 초등학교를 나온 친구들이랑 대화를 나누는 게 미유의 유일한 낙이었다.

하지만 빈이 자신에게 말을 걸어 주니 더는 화장실에 갈 필요가 없었다. 모든 아이가 빈에게 다시 말을 걸어왔다. 아무 일도 없었다는 듯이.

미유는 결심했다.

'앞으로는 절대로 빈의 생각에 어긋나는 말을 하지 않겠어. 무슨 일이 있어도 나대지 않을 거야.'

4월 4일, 미유는 왜 빈이 자신에게 말을 걸기 시작했는지 이유를 알아 버렸다. 점심시간, 미유와 빈을 포함한 열 명이 책상을 붙이고 밥을 먹고 있을 때였다. 갑자기 그룹 중 한 명이 말했다.

"여진이 말이야, 너무 나대지 않니?"

"지가 뭔데 착한 척이야? 선생님도 재밌다고 하는데, 안 그래?"

"그니까. 여진이 때문에 만우절 장난 망했잖아."

미유는 아이들의 말을 들으며 분위기를 파악했다.

4월 1일, 1학년 2반 일동은 조회 시간에 담임선생님이 오셨을 때

교실 앞쪽이 아닌 뒤쪽을 보고 인사하는 장난을 쳤다. 미유는 만우절 장난을 몰랐다. 그날 학교에 왔더니 갑자기 애들이 모두 뒤를 보기에 똑같이 해야 할 것 같아서 따라 했을 뿐이다. 그런데 여진은 모의한 걸 알면서도 혼자 정면을 봤다. 이게 빈의 심기를 거슬렀다.

이제야 미유는 자신에게 일어난 일을 알 수 있었다.

왕따가 바뀌었다. 그 덕에 미유는 더 이상 무시를 당하지 않았다.

예전의 미유라면 한마디 했을 것이다.

'여진이를 왕따시키는 건 잘못된 일이야. 만우절 장난에 동참하지 않은 게 왜 무시할 이유야?'

하지만 미유는 그럴 수 없었다. 3월 한 달간 아이들에게 투명 인간 취급을 당한 게 너무 힘들었다. 가장 힘든 건 체육 시간이었다. 1학년 2반은 학생 수가 33명이다. 홀수이다 보니 짝지어 운동하면 늘 한 명이 남는다. 3월 내내 이 한 명은 미유였다. 혹여 누구 하나가 보건실에 가거나 해서 남은 사람이 있어도 미유와 짝을 하지 않았다. 자신도 아프다고 하며 일부러 빠졌다.

미유는 그 신세에서 벗어났다. 이제 아이들은 미유와 짝을 해 주었다. 대신 여진이 혼자가 될 차례였다.

"그, 그러게. 왜 그랬대."

미유는 아이들의 말에 적당히 대꾸하며 여진을 흘끔 훔쳐봤다. 여진은 혼자 앉아 밥을 먹고 있었다. 얼마 전까지 미유가 그랬던 것처럼. 미유는 여진이 신경 쓰였다. 그렇다고 여진에게 다가갈 용기는 없었다.

4월 5일 사생 대회, 신화여중 학생 모두 사슴숲공원으로 향했다. 아이들은 각자 마음에 드는 장소로 흩어졌다. 빈이 속한 열 명으로 이루어진 그룹은 사슴사육장을 골랐다. 미유는 빈을 따라 사슴사육장으로 향하며 자꾸 뒤를 흘깃거렸다. 여진이 어디로 가야 할지 몰라 머뭇거리는 게 신경 쓰인 탓이다.

미유는 여진에게 이쪽으로 오라고 손짓하며 살짝 눈치를 줬다. 여진은 미유의 손짓을 눈치채고 고개를 살짝 저으며 괜찮다는 표시를 했다. 자신을 배려했다가 미유까지 왕따당할까 봐 염려하는 듯했다. 미유는 그런 여진의 태도에 미안한 마음이 더 커졌다. 그렇다고 자신이 어떻게 할 수 있는 방법도 없었다. 미유는 그저 빈을 따라 사슴사육장으로 이동할 뿐이었다.

"와, 너무 귀여워!"

아이들은 흥분해서 철조망 너머로 손을 내밀었다. 사슴들은 경계하지 않고 아이들에게 다가왔고 먹을 걸 주지 않아도 손을 핥았다. 빈은 그런 사슴들을 동영상으로 찍어 SNS에 업로드까지 했다.

잠시 각기 인증샷을 찍은 후 일렬로 앉았다. 그러곤 스케치북을 펼치고 붓으로 그림을 그리기 시작했다. 다들 평소 쓰는 수채 물감이며 팔레트, 물통을 꺼냈는데 빈의 도구가 유독 으리으리했다. 전문가용 팔레트를 두 개나 갖고 왔다.

"와. 빈, 그거 뭐야?"

"아, 이거? 우리 고모가 화가잖아. 이건 유성 물감이고 저건 수채 물감."

빈이 으스대며 말했다.

"와, 멋지다."

"대단하다."

미유는 아이들과 함께 맞장구를 쳤다.

얼마 안 가 그림을 그리던 빈이 웃음을 터뜨렸다. 아이들 중 한 명이 왜 그러냐고 묻자 빈이 붓 끝으로 사육장 구석에 있는 사슴을 가리키며 말했다.

"쟤 되게 못생기지 않았냐?"

사슴 한 마리가 구석에서 혼자 잠들어 있었다. 다른 사슴들은 쾌활하게 움직이는데 이 사슴은 힘이 없어 보였다. 많이 늙은 것 같았다. 다른 사슴들과 달리 엉덩이에 털이 듬성듬성한 데다 뿔도 한쪽만 잘려 있었다. 또 몸에는 커다랗고 검은 반점이 있었다.

"진짜 못생겼네."

"못생겨서 왕따인가 보다. 누구처럼."

이 말에 미유는 가슴이 덜컹 내려앉았다. 자길 말하는 건가 싶었다.

"그러게? 차여진 닮았나."

아이들이 동시에 웃음을 터뜨렸다. 미유도 같이 웃었지만 마음은 편치 않았다.

"내가 예쁘게 만들어 줘야겠다."

빈이 생글생글 웃더니 자랑하던 유성 물감 팔레트와 전용 붓을 꺼냈다. 전용 붓에 분홍색 유성 물감을 발라 사슴에게 다가갔다.

사슴은 여전히 철조망 구석에 엉덩이를 붙인 채 잠들어 있었다. 빈은 그런 사슴의 엉덩이에 붓을 갖다 댔다. 매우 집중한 표정으로 분홍색 동그라미를 그리기 시작했다. 갑자기 사슴이 일어났다. 엉덩이에 이상한 감촉을 느끼고 놀란 모양이었다.

사슴이 뒤를 흘낏 돌아보았다. 자기 엉덩이에 색칠하던 빈을 발견하고 빤히 노려보았다.

"뭐? 어쩔 건데?"

빈이 재밌다는 듯 사슴을 쳐다보자 사슴이 '씨익 웃었다.'

"지금 웃었어? 사슴이 웃을 수 있나……?"

빈이 의아해 하며 사슴에게 좀 더 가까이 얼굴을 가져갔다. 그 순간 사슴이 뒷발을 들어 붓을 든 빈의 손을 정확하게 한 번 툭 찼다.

"엄마얏!"

놀란 빈이 손에서 붓을 놓치고 말았다. 철조망 안쪽에 붓이 떨어졌다.

"내 붓! 비싼 건데!"

사슴은 빈이 하는 말을 다 알아들은 듯 붓을 입에 물었다. 아주 천천히 걸어 한참 안쪽, 사람들의 손이 닿지 않는 우리 안으로 들어가 버렸다.

"어떻게 하면 좋아! 이리 안 와! 야! 너 이리 와!"

얼마 후, 사슴이 돌아왔다. 사슴의 입에는 아무것도 없었다.

"내 붓 어쨌어? 어쨌냐고!"

사슴이 또 '씨익 웃었다.'

"너 지금 웃었지! 진짜 웃은 거지!"

말도 안 되는 일이었지만, 사슴은 분명 웃고 있었다. 정확히는 빈을 비웃고 있었다.

"야, 신미유!"

"나, 나? 왜?"

"내 붓 찾아와!"

"어어?"

"내 말 못 들었어? 붓 찾아오라고! 안 그러면 가만 안 둬!"

미유에게 빈의 고함은 이런 뜻으로 들렸다.

'안 그러면 다시 왕따야!'

"차, 찾아올게! 잠깐만 기다려!"

왕따는 절대 안 된다. 미유는 겁이 나서 치마를 입었는데도 불구

하고 철조망에 매달린 다음 빠르게 넘어갔다.

　미유가 사육장에 발을 딛자마자 사슴들이 몰려들었다. 사슴들은 호기심에 가득 찬 표정으로 미유에게 다가와 냄새를 맡았다. 교복이며 손에 코를 갖다 박고 킁킁댔다. 미유는 당황해서 쩔쩔맸다.

　"하, 하지 마! 잠깐만! 이러면 안 돼! 얘들아!"

　"뭐 해! 빨리 내 붓 찾아오지 않고!"

　빈은 계속 소리를 질러 댔다.

　"하, 하지만! 얘네가 계속 달려드는데!"

　"어떻게든 하란 말이야!"

　몰려드는 사슴 떼, 빈의 고함, 미유는 대체 어떻게 해야 할지 몰랐다. 그러는 사이 공원 직원이 다가왔다.

　"거기 뭐야! 학생! 거길 왜 들어가!"

　"아, 그게요! 얘, 얘가! 붓을 떨어뜨려서 주우러 잠깐 들어갔어요!"

　빈이 재빨리 대꾸했다.

　"붓을 왜 사육장에 떨어뜨려? 그래서 어딨는데?"

　"사슴이 물고 갔어요!"

　"사슴이 붓을 물고 가? 어디로?"

　"저쪽으로요!"

　공원 직원은 의아해 하며 철조망 문을 열더니 우리로 들어가 붓을 찾아 가지고 나왔다.

"이거 찾은 거야?"

"네, 그거요! 그거예요!"

빈이 미유 대신 대답했다. 그리고 미유는 빈 대신 붓을 받았다.

"고, 고맙습니다."

"그래. 위험하니까 다신 이런 짓 하지 말고…… 잠깐만, 이게 뭐야!"

공원 직원이 문제의 사슴을 발견했다. 사슴 엉덩이에 그리다 만 분홍색 하트와 미유 손에 들린 분홍색 물감이 묻은 붓을 번갈아 보다가 미유에게 소리쳤다.

"이게 무슨 짓이야! 네가 그랬나!"

"아니, 저, 그게. 그러니까…….."

"맞아요! 얘가 그랬어요!"

빈이 다시 한번 나섰다.

"저희가 하지 말랬는데 말을 안 들었어요! 맞지, 얘들아!"

"그, 그래! 신미유! 너 왜 그랬어!"

"맞아요, 신미유가 그랬어요!"

빈의 말을 신호로 모든 아이가 미유 짓이라고 떠들었다. 미유는 억울했다. 아니라고, 사슴에게 낙서를 한 건 빈이라고 말하고 싶었다. 하지만 빈이 미유의 손목을 꽉 잡고 두 눈을 똑바로 노려보며 "네가 그랬잖아!"라고 소리 지르는 순간, 모든 의지가 사라졌다.

"제, 제가 그랬습니다. 죄송합니다."

빈의 속마음이 읽힌 탓이다.

'내 말대로 안 하면 다시 왕따당할 줄 알아.'

미유는 도저히 사실대로 말할 용기가 나지 않았다. 사실대로 말하는 용기보다 따돌림이란 이름의 지옥이 훨씬 두려웠기 때문이다.

"제, 제가 했어요, 제가……. 죄송합니다. 다 제 탓입니다."

미유는 빈에게 손목이 잡힌 채 눈물을 뚝뚝 흘리며 바닥만 내려다보았다.

엉덩이에 분홍색 하트가 그려진 사슴이 미유를 빤히 쳐다보았다. 마치 자신은 진실을 알고 있다는 듯이.

*

매일 아침 일어날 때마다 미유는 우울했다. 하지만 어떤 날도 오늘만큼 심하지는 않았다.

미유는 학교에 가는 게 두려웠다. 학교에서 빈을 만나는 것도, 빈의 눈치를 보는 것도, 빈에게 다시 따돌림을 당할까 봐 두려워하는 것도 싫었다. 미유는 사슴숲공원으로 도피했다. 비바람에 스러지는 벚꽃 잎을 사박사박 밟으며 구름다리 위로 올랐다. 난간에 몸을 기댄 채 저 아래 보이는 사슴에게 자신의 사연을 털어놓았다.

"너는 알 거야. 여기 CCTV 없는 거. 이 상황에서 모두 내가 했다고 하니 어떻게 할 방법이 없었어. 난 낙서범이 되어 버렸어. 아니, 어떻게든 빈이 했다는 걸 증명했다고 치자. 그다음은 어쩔 건데? 빈이 날 가만둘 리 없어. 다시 왕따가 될 거야. 이번에는 절대로 못 벗어날 거야. 하지만 낙서범으로 몰리는 것도 싫은데, 나는 정말 어떻게 해야 하지…… 내가 대체 뭐라는 거야. 사슴이 내 말을 알아들을 리도 없는데."

미유는 쓴웃음을 지었다. 한숨을 길게 내쉬었다. 좀 더 몸을 난간에 기댄 채 중얼거렸다.

"차라리 죽고 싶어."

이 순간, 하필 돌풍이 몰아쳤다. 미유의 작은 몸이 허공에 붕 뜨는가 싶더니 난간 너머로 고꾸라졌다. 그대로 사슴사육장을 향해, 아래로 떨어졌다. 미유는 순간 자신에게 일어난 일을 이해할 수 없었다. 힘없이 낙하하는 미유가 정신을 차린 건 온몸을 휘감는 벚꽃 잎 덕분이었다. 미유는 허공에서 버둥거리며 소리쳤다.

"죽기 싫어!"

벚나무 가지를 잡으려고 노력해 봤지만 소용없었다. 미유는 바람에 흩날리는 벚꽃에 휘감겨 속수무책으로 떨어지고 있었다.

"누명을 쓴 채 죽고 싶지 않다고!"

"제발 누가 날 좀 구해 줘!"

고래고래 소리를 지르는 사이 미유의 몸이 바닥에 떨어졌다. 그런데 이상했다. 쾅, 하는 느낌도 엄청난 충격도 없었다. 오히려 푹신한 무언가에 안긴 기분이었다. 미유는 조심스레 눈을 떴다.

미유는 바닥에 떨어지지 않았다. 못생긴 사슴의 품에 안겨 있었다.

"네가 날 구해 준 거야?"

아니, 그건 사슴이 아니다. 사슴이었다가…… 아니게 되었다. 미유를 받을 때 사슴 형태였던 그 동물은 서서히 작아지더니 미유의 양손에 쏙 들어갈 정도 크기의 검은 털북숭이로 변했다. 털북숭이는 본래 사슴의 등에 있던 검은 반점과 비슷한 형태를 띠고 있었다.

"얘! 너 괜찮니? 얘!"

다람쥐 같기도 하고 토끼 같기도 하고 어떻게 보면 여우 같기도 하고 또 개 같기도 한 이 정체불명의 털북숭이는 금방이라도 숨이 멎을 듯 바들바들 떨었다.

"거기, 너 뭐야!"

어디선가 공원 직원의 목소리가 들렸다. 미유는 본능적으로 철조망을 넘었다. 작은 털북숭이를 끌어안고 힘껏 달렸다. 어디로 가야 할지 알 수 없었지만 일단 이곳을 벗어나야 하는 건 분명했다.

"일단 병원이다!"

점보가 다니는 단골 동물병원이 근처에 있었다. 이곳에 데려가면 어떻게든 될 것이다.

미유는 전력 질주했다. 그러다 신호등에 걸렸다. 발을 동동 구르며 신호가 바뀌기를 기다리는 사이, 손바닥을 펼쳐 다시 한번 털북숭이를 바라보았다.

털북숭이는 꿈쩍도 하지 않았다. 그사이 죽어 버린 모양이었다.

"안 돼!"

미유는 놀란 나머지 털북숭이의 입에 자신의 입을 갖다 대고 인공호흡을 했다. 하지만 소용없었다.

미유는 힘없이 횡단보도를 건넜다. 휘청휘청 걸어 근처에 보이는 벤치에 털썩 주저앉았다. 양손으로 털북숭이를 꽉 끌어안고 말했다.

"나를 구해 줬는데. 네가 나 대신 죽으면 어떻게 하니."

미유의 눈에서 눈물이 터졌다.

"대체 왜 이렇게 된 거야."

중학생이 된 후로 계속 안 좋은 일만 일어난다. 빈과 틀어지고, 왕따를 당하고, 누명을 쓰고, 생명의 은인이 자기 대신 죽는다.

미유는 대성통곡을 했다. 우산을 쓴 사람들이 걸어가며 흘깃거렸지만 미유는 상관하지 않았다.

빗물과 섞인 미유의 눈물이 털북숭이를 꽉 쥔 손가락 사이로 흘러 들어갔다. 검은 털북숭이의 몸에 미유의 눈물이 닿은 순간, 털북숭이가 살짝 무지갯빛을 띠며 바르르 떨었다. 다시 한번 미유의 눈물이 닿자 털북숭이는 몸을 떨다 못해 꿈틀거렸다. 이 움직임을 미유는 확실하게 느꼈다. 미유가 서서히 손을 폈다. 무지갯빛을 약하게 발하며 자신의 손바닥에 오도카니 앉아 있는 털북숭이를 마주 보았다. 털북숭이는 미유의 양 손바닥 위에 얌전히 앉아 있었다. 자신은 결코 죽은 적이 없다는 듯한 얼굴로 꼬리를 살랑살랑 흔들며 '말했다.'

"울지 마."

털북숭이의 목소리에서 쇳소리가 났다.

"운다고 달라지는 건 아무것도 없으니까."

그러고는 앞발을 들어 미유의 가슴에 안겼다. 한껏 고개를 쳐들어 미유의 얼굴을 핥아 주었다.

미유는 털북숭이가 모습을 바꾼 것도, 자신에게 말을 걸었다는 사실도 믿기지 않았다. 그래서 그저 이것이 꿈이겠거니, 너무 많이 울어서 헛것이 보이고 헛소리가 들리는 것이겠거니 생각했다.

시간이 지나고 비가 그쳤다. 미유의 울음도 그쳤다. 미유는 평정심을 서서히 되찾았다. 털북숭이는 아직도 미유의 손바닥에 앉아 있었고, 여전히 말을 하고 있었다. 이제 미유는 이것이 꿈도, 헛것도, 헛소리도 아니란 사실을 인지했다. 미유가 털북숭이에게 물었다.

"넌 뭐야?"

"난 길달이야. 일종의 요괴지."

"그렇구나."

미유는 털북숭이의 말을 가볍게 인정했다. 이런 동물은 어디에서도 본 적이 없다. 모습을 바꾸고 죽었다 살아난 데다 말까지 한다. 그러니 요괴라고 하는 편이 차라리 납득이 갔다. 그리고…… 어쩐지 아주 오래전에 이런 일이 있었던 것 같은 기분이 들기도 했다.

'이런 걸 가리켜 기시감이라고 하던가?'

"나는 주인의 말을 거역하고 도망치려다 벌을 받아서 이런 꼴이됐어. 내 전 주인은 비형랑이라고 해. 혹시 들어 본 적 있어?"

"모르겠어."

"온갖 잡귀를 몰아내는 벽사의 신 비형랑을 모르다니…… 아무튼 나는 주인 몰래 도망치려다가 실패했어. 그 죄로 999번을 죽어야 본래의 내 모습을 되찾는 벌을 받았어."

"그렇다면 이게 네 본래의 모습이야? 이제 다 죽었어?"

"그럴 리 없잖아. 내가 얼마나 아름다운데."

길달이 불만스러운 듯 말했다.

"999번 죽으려면 한참 멀었어. 한시라도 빨리 제대로 죽는 게 내소원이야."

"죽는 게 소원이라고?"

미유는 처음으로 길달의 말이 이해되지 않았다.

"본래 모습을 되찾아 행복하게 살아야 하는 거 아니고?"

"나는 원래 죽은 존재, 귀신이었어. 그러니 죽는 게 본래 내 모습이지."

"하지만 아무리 그래도 죽는 게 더 좋다니……."

"그럼 너한테 물어볼게. 너는 지금 사는 게 좋아?"

미유는 길달의 말에 대답할 수 없었다.

사는 게 싫었으니까. 차라리 죽는 게 낫겠다고 생각하다가 길달과 만났으니까.

갑자기 미유는 현실을 깨달았다.

길달을 만났다고 달라진 건 아무것도 없다. 여전히 자신은 낙서범이고 학교에 가야 한다. 하지만 학교에 가는 건 두렵다. 그곳에는 빈이 있으니까. 빈이 자신을 다시 따돌릴지도 모르니까.

그 생각을 하자 미유는 또 눈물이 날 것 같았다. 저도 모르게 눈물이 고여 금방이라도 뚝뚝 흘릴 것 같은 표정을 지었다.

"글쎄, 울지 말라니까."

길달이 짜증을 냈다.

"내가 말했지. 운다고 달라지는 건 아무것도 없다고!"

"하지만 너무 무서운걸."

"자꾸 우는 게 누구 생각나서 정말 마음에 안 들어."

길달이 한숨을 쉬었다.

"그 빈이란 인간을 혼내 주면 안 울 거야?"

"응?"

"안 울 거냐고!"

"아, 으응. 아마도."

"알았어. 그럼 내가 해결해 줄게."

"뭘? 어떻게?"

"나한테 맡겨. 나를 그 빈이란 아이에게 데려다줘."

미유는 길달의 말을 완벽하게 이해할 수 없었다. 하지만 길달의 말을 따르는 것 말고는 딱히 할 수 있는 일도 없었기에, 길달과 함께 신화여중으로 향했다.

미유가 학교에 도착했을 땐 이미 1교시 수업이 끝난 시각이었다. 일주일 만에 찾은 학교는 평소보다 훨씬 크고 두려웠다. 미유는 바로 정문 안으로 들어가지 못하고 한참을 머뭇거렸다. 그런 미유에게 용기를 준 건 품에 안고 있는 길달이었다.

"나만 믿어. 다 잘될 거니까."

길달은 찍찍거리며 말했다. 그새 길달은 작은 햄스터로 변해 미유의 교복 주머니에 들어가 있었다.

미유는 길달의 말이 든든했다. 정말 모든 일이 잘될 것만 같았다. 아니, 혹여 잘 안 되어서 다시 왕따가 되더라도 길달이 말 상대를 해 준다면 어떻게든 버틸 수 있을 것 같았다.

미유는 불안한 표정으로 학교 건물에 들어가 1학년 2반으로 향했다. 심호흡을 크게 하고 뒷문을 열었다.

미유가 교실에 들어가는 순간, 시끄럽게 떠들던 아이들의 말소리가 멎었다. 모두가 미유를 빤히 바라보았다. 미유는 그런 아이들에게 뭐라고 해야 할지 몰라 급히 자기 자리로 가서 앉았다. 자연스레 손이 교복 주머니로 향했다. 길달을 만지며 안정을 느끼기 위해서였다.

그런데 길달이 없었다. 어디로 갔는지 그새 사라졌다.

'어디 간 거야, 길달!'

놀란 미유가 속으로 말했지만 대답이 돌아올 리 없었다. 그런데 그 순간 뒤에서 비명에 가까운 감탄이 들렸다.

"위시잖아!"

"대박, 위시다! 위시!"

"진짜? 진짜 위시야?"

아이들이 흥분해서 교실 뒤편으로 몰려갔다. 미유는 무슨 일인가 싶어 뒤를 돌아보았다. 정말 위시가 그곳에 있었다.

위시가 짧은 꼬리를 살랑살랑 흔들었다. 복숭아 같은 궁둥이를 실룩거리며 애교를 부리자 아이들은 좋다고 핸드폰을 꺼냈다. 각기 위시에게 핸드폰을 들이대고 사진을 찍었다. 당황한 건 빈뿐이었다.

"위시! 너 여기 어떻게 왔어!"

위시는 빈에게 꼬리를 핥으며 다가왔고, 빈은 어쩔 줄 몰라 하며 일단 위시를 안았다.

그사이 수업 준비 종이 쳤다. 선생님이 교실로 들어왔다. 2교시는 수학이었다. 수학 선생님은 학생주임을 맡고 있어서 아이들이 모두 무서워했다. 선생님은 위시를 안은 빈을 발견하자마자 소리를 질렀다.

"이게 무슨 소동이야! 누가 개를 학교에 데려와!"

"그게 아니에요! 제가 데리고 온 게 아니라, 갑자기 나타났어요!"

"그게 말이 되냐! 어서 개 내려놓지 못해!"

"자, 잠깐만요! 저도 지금 그러려고!"

빈은 당황해서 위시를 자기 품에서 떼어 내려고 했다. 하지만 위시는 끈덕지게 빈에게 매달렸다.

"위시, 왜 이래! 내려가! 어서!"

"누나 보고 싶어서 왔지."

위시가 아주 작게 속삭였다.

"뭐, 넌 암컷, 그게 아니라 넌 말을 못 하잖아!"

빈이 놀라 위시를 마주 보았다. 그러자 위시의 얼굴이 달라졌다. 빈이 보는 각도에서만 볼 수 있도록 변한 것이다. 정확히 말하자면 얼굴이 사슴 엉덩이로 바뀌었다. 분홍색 낙서를 하다 만 사슴 엉덩이가 씰룩이며 말했다.

"나 보고 싶었어?"

"꺅!"

놀란 빈이 벌떡 일어나 위시를 내동댕이치더니 위시의 옆구리를 사정없이 발로 마구 밟았다.

"괴물! 괴, 괴물! 괴물이 말을 했어!"

위시가 비명에 가까운 소리를 냈다.

"빈이 위시를 찼어!"

"이게 무슨 짓이야!"

"조빈, 왜 그래!"

빈의 행동에 다들 놀라 비명을 질렀다. 선생님 역시 마찬가지였다. 다른 반 아이들도 소란한 소리에 놀라 복도로 몰려들었다. 창문이며 뒷문, 앞문을 열고 1학년 2반 안을 들여다봤다.

그러는 사이 위시의 움직임이 사그라졌다. 얼마 안 가 움직이지 않았다. 놀란 선생님이 다가와 위시의 목에 손가락을 갖다 대더니 흥분해 말했다.

"죽었어!"

"말도 안 돼!"

"빈이 개를 발로 차서 죽였어!"

애들이 놀라 비명을 질러 댔다. 빈은 그런 상황에서도 "괴물! 괴물이야! 내가 그런 게 아니야! 그런 게 아니라고!" 하며 소리를 질렀지만 빈의 변명을 듣는 사람은 아무도 없었다.

사방이 혼란스러운 사이, 죽은 위시는 보건실로 옮겨졌다. 잠시 후 위시는 침대에서 사라졌지만 이 사실에 관심을 보이는 이는 없었다.

진실을 아는 건 미유뿐이었다.

죽은 위시는 본래의 모습, 요괴 길달로 부활했다. 그리고 참새로 변해 다시 미유에게 돌아왔다. 길달은 1학년 2반 창가에 앉아 쩔쩔매는 빈의 모습을 미유와 함께 바라보았다.

빈이 저지른 일은 아이들이 찍은 동영상 덕에 SNS를 타고 빠르게 전파됐다. 말 그대로 전국이 뒤집혔다. 인기 인플루언서 빈의 참모습은 동물 학대범이었다며 난리가 났다.

이 일을 계기로 빈의 학교폭력이 드러났다. 그간 빈이 갖은 억지를 부려 미유와 여진을 따돌렸다는 사실을 선생님들이 알게 되면서 학폭위가 열리기로 결정되었다.

이 상황에서도 빈은 끊임없이 자신의 무죄를 주장했다. SNS에 위시와 같이 찍은 동영상과 라이브방송을 연달아 올렸다.

"그건 헛소동이었어요! 우리 위시는 이렇게 잘 살아 있다고요!"

팔로워들은 그 말을 믿지 않았다.

– 웃기시네!

– 닭은 개 데려와서 뻥치는 거 누가 모를 줄 알고!

– 위시 살려 내! 이 살인자!

결국 빈은 SNS를 닫아야 했다.

일주일 후 점심시간, 미유는 밥을 먹은 후 옥상에 올라와 있었다. 난간에 몸을 기대자 주머니에 들어 있던 햄스터 길달이 쪼르르 나왔다. 난간에 드러누운 길달은 짧은 팔다리를 움직이며 햇빛을 쬐었다.

"역시 햇빛이 최고구먼."

미유가 그런 길달을 손가락으로 살살 만지며 말을 걸었다.

"이제 빈이 정신을 차릴까?"

"인간은 그렇게 쉽게 바뀌지 않아. 하지만."

"하지만?"

"또 말을 안 들으면 또 교훈을 줄 거야."

"그래도 안 바뀌면?"

"다시 한번 죽어 줘야지. 몇 번이고 같은 일을 겪으면 언젠간 정신을 차리겠지. 인간은 파블로프의 개*와 별다를 게 없는 동물이니까."

---

* 생리학자 이반 파블로프는 개에게 먹이를 줄 때마다 종 울리는 실험을 했고, 그 후 이 개는 종소리만 들어도 침을 흘리게 되었다.

미유는 길달의 말에 한기를 느꼈다.

"너, 좀 무섭다."

"나는 요괴야. 무서운 게 당연하지. 아, 앞으로 298번을 또 어떻게 죽으면 좋나."

"신미유! 거기서 뭐 해! 학폭위 사전 면담 시작해!"

등 뒤에서 여진이 불렀다. 미유는 몸을 돌려 "금방 갈게!" 하고는 길달에게 손을 뻗었다. 길달은 재빠르게 쪼르르 미유의 팔 위를 달려 조끼 주머니에 들어가더니 소리쳤다.

"점심은 해바라기씨 초콜릿으로 부탁해!"

"알았어."

미유는 길달의 말에 숨죽이고 웃으며 생각했다.

'길달, 너는 요괴치고 너무 귀여워.'

작가의 말

:

『삼국유사』에는 '비형랑 신화'가 있습니다. 비형랑은 귀신, 신라 진지왕의 자식입니다. 죽은 왕이 귀신의 모습으로 나타나, 도화부인을 임신시켜 낳은 아들이지요. 그리하여 반신, 즉 반만 신인 존재라 불립니다.

비형랑이 귀신의 아이라는 소문이 나자, 진평왕은 흥미를 느끼고 비형랑을 불러 벼슬을 줍니다. 비형랑은 반신답게 기이한 일들을 해냅니다. 밤마다 궁궐을 빠져나가 노는가 하면, 귀신을 부려 하룻밤 만에 다리를 완성시키고, "괜찮은 인물 없냐"는 왕의 질문에 귀신에게 벼슬자리를 주라고 추천합니다. 그 귀신이 바로 이 소설의 주인공인 '길달'입니다.

귀신 길달은 한 벼슬아치의 양자가 되어 흥륜사 남쪽에 문루를 짓고, 그곳을 지키며 매일 잤다고 합니다. 그래서 이 문에는 길달문이라는 별명이 붙었습니다. 하지만 길달은 귀신인지라, 이런 인간적인 생활이 힘들었는지 여우로 변해 도망을 칩니다. 비형랑은 이런 길달을 곧이곧대로 보내 주지 않고 귀신을 보내 잡아 죽였다고 합니다.

저는 비형랑 신화를 보며 생각했습니다.
'으음. 귀신이면 이미 죽은 존재인데, 또 죽을 수가 있나?'
이미 죽었는데 또 죽인다는 게 어떤 의미일지 막연히 생각해 보았습니다. 그러자 이런 생각이 들더군요.
'길달은 이미 죽은 존재이기에 또 죽는 게 불가능하다. 비형랑이 길달이 죽었다고 말한 건, 우매한 백성들이 불안에 떨지 않도록 꾸민 이야기일지도 모른다. 길달에게 진정한 벌은 오히려 영생을 살게 하는 것이라고, 비형랑은 그렇게 여겼을지도 모

른다.'

그렇게 이 이야기가 탄생했습니다. 벌을 받아 영
생을 갖게 된 존재 길달, 본래의 자연스러운 모습
인 '죽은 존재'로 돌아가고자 살신성인을 되풀이
하는 길달의 이야기 말이에요.

길달의 이야기는 장편으로 이어집니다. 살신성인
을 해야 본래의 모습을 되찾을 수 있는 요괴 길달
의 이야기, 기대해 주세요!

정명섭

서울에서 태어나 대기업 샐러리맨, 바리스타를 거쳐 현재 전업 작가로 활동 중이다. 다양한 장르의 글을 쓰며 강연과 라디오, 유튜브와 팟캐스트 등을 통해 독자와 만나고 있다. 글은 남들이 볼 수 없는 은밀하거나 사라진 공간을 이야기할 때 빛난다고 믿는다. 『미스 손탁』『어린 만세꾼』『저수지의 아이들』『시간을 잇는 아이 1918_2020』『기억 서점』『조선의 형사들』등의 역사소설을 집필했다. 2013년 『기억, 직지』로 제1회 직지소설문학상 최우수상을, 2016년 『조선변호사 왕실소송사건』으로 제21회 부산국제영화제에서 뉴크리에이터상을 받았으며, 2020년 『무덤 속의 죽음』으로 한국추리문학상 대상을 받았다.

신화 관리청
- 도채비 요원의
대모험

사무실 유리문 앞에 선 여자가 신원 파악용 센서 앞에 눈을 가져다 댔다. 잠시 후, 메마른 음성이 들렸다.

"268번 요원, 신원 확인되었습니다."

유리문이 열리자 268번 요원은 안으로 들어갔다. 사무실에는 정신없이 일하는 요원들이 보였다. 268번 요원은 귀여운 눈을 깜빡거리면서 오가는 문서 운반용 로봇을 피해 대형 모니터가 있는 곳으로 향했다. 한쪽 벽을 거의 다 채울 정도로 거대한 모니터에는 268번 요원이 일하는 부서에서 관리하는 모든 존재를 직간접적으로 감시하고 위치를 파악해서 보여 주고 있었다. 또 요원들의 실시간 위치뿐 아니라 심지어 그들 눈의 깜빡거림이나 심장박동수까지 체크했다. 항상 사건 사고가 발생하기 때문에 그만큼 중요한 일이었다. 268번 요원이 다가가자 모니터를 바라보며 헤드셋으로 지시를 내리던 국장이 뒤를 돌아봤다.

"268번 요원, 수고했어."

"이번에는 좀 힘들었어요."

"우리 일이라는 게 항상 그렇듯 쉽지 않지. 그래도 잘 마무리했으니 다행이지."

"그러게요. 폭주했으면 진짜 큰일 날 뻔했잖아요."

268번 요원의 말에 국장이 헤드셋을 벗어서 보조용 로봇에게 건네며 대답했다.

"2급에서 1급으로 격상된 상태에서 임계치를 넘으면 우리 슈퍼컴퓨터도 예측이 불가능하다고 했으니까."

"약속대로 휴가를 좀 주십시오. 부모님도 만나고 좀 쉬고 싶어요."

268번 요원은 임무 수행 중에 다친 어깨를 주무르며 하소연했다. 주변을 살피던 국장이 268번 요원이 주무르던 어깨 반대편에 손을 올렸다.

"나랑 바람 좀 쐴까?"

국장은 대답을 기다리지도 않고 앞장서서 사무실을 빠져나갔다. 268번 요원 역시 국장을 따라 밖으로 나갔다. 사무실을 나온 국장은 홀가분한 표정을 지으며 복도를 걸었다. 그리고 복도 끝에 있는 엘리베이터에 올라탔다. 반중력으로 움직이는 엘리베이터는 문이

닫히자마자 순식간에 올라가 꼭대기인 188층에 도착했다. 엘리베이터의 문이 열리자 싸늘한 바람이 불어왔다. 전망대처럼 만들어진 이곳에서 다른 부서 사람들은 모여서 담배를 피우거나 얘기를 나누는 중이었다. 국장이 다가오자 업경대를 관리하는 심판국 소속 요원들이 슬며시 자리를 피했다. 덕분에 가장 전망이 좋은 곳을 차지할 수 있었다. 난간에 팔을 기대고 아래를 내려다보자 보라색 구름이 보였다. 그 보라색 구름을 뚫고 268번 요원이 일하는 부서 외에 다른 부서들이 있는 빌딩들이 우뚝 서 있는 것도 보였다. 국장은 어깨에서 대나무로 만든 곰방대를 꺼내 입에 물었다. 그걸 본 268번 요원이 다소 놀란 표정을 지었다. 국장은 라이터를 꺼내 곰방대에 불을 붙인 다음 여유롭게 한 모금 피웠다.

"예전에는 말이야. 호랑이가 담배 피우던 시절이라는 말이 있었어. 무슨 뜻인지 알아, 도채비 요원?"

268번 요원 도채비는 팔짱을 끼고 잠깐 생각하고는 대답했다.

"아주아주 오래전 일이라는 뜻이잖아요."

"맞아. 내가 범이었던 시절에는 없었고, 산신령이 된 다음에야 담배라는 게 들어왔지. 나한테는 그리 오래된 건 아니야. 하지만 인간은 지금도 기껏해야 백 년도 못 사는 존재라서 그것조차 오래전처럼 느낄 거야."

"그런 뜻이군요."

짧게 대꾸한 도채비는 주머니에서 칼을 꺼냈다. 그러곤 근질거리는 머리의 뿔을 긁었다.

"인간에게 우리는 낯선 존재야. 그래서 여러모로 관리를 해야 하지. 신화 관리청이 생긴 이유도 바로 그것 때문이고 말이야."

"그래서 사고를 치는 신수들을 우리가 막는 거잖아요. 특히 환생한 신수들을요."

"맞아. 우리는 인간들에게 계속 신화로 남아 있어야 해. 그러기 위해서는 노력이 필요한 거지."

"인간으로 환생한 신화 속 주인공인 신수들이 사고 치지 않고 살아가도록 돕는 게 신화 관리청이 해야 할 일이라는 뜻이죠?"

도채비는 칼을 접어서 주머니에 넣으며 물었다. 그러자 국장이 대꾸했다.

"맞아. 만약 신수들의 정체가 드러나면 환생이 취소되거든. 그러면 신성한 맹세가 무너지면서 세상은 혼란에 빠질 거야."

"그 얘기는 신화 관리청에 신수 보호국 요원으로 들어오면서 뿔이 빠지게 들었어요."

"앞으로도 많이 듣게 될 거야."

"그 얘기를 해 주시려고 여기까지 저를 부르신 건가요?"

"당연히 아니지. 저걸 보여 주려고."

시계를 확인한 국장이 보라색 구름을 내려다봤다. 잠시 후, 커다란 불빛 하나가 물속에서 떠오르는 것처럼 솟구쳤다. 검은색 증기 기관차의 외등이었는데 그 뒤로 객차들이 줄줄이 딸려 왔다. 그걸 본 국장이 투덜거렸다.

"진짜, 열차 디자인 좀 바꾸라고 회의 때 그렇게 얘기했는데 말이야."

객차에는 저승사자들이 수집한 영혼들이 타고 있었다. 대부분 호기심 어린 눈길로 창밖을 내다봤다. 그중 몇 명은 자신들을 바라보는 둘에게 손을 흔들기도 했다. 하지만 그들을 기다리고 있는 건 가혹한 심판이다. 생전의 죄를 비추는 업경대 앞에 서야만 하는 것이다. 죄가 많으면 연옥으로 떨어져서 혹독한 고통을 겪다가 인간이 아닌 다른 존재로 환생한다. 반면, 죄가 없거나 좋은 일을 했다면 다시 인간으로 환생하는 길이 열린다.

"최근 들어오는 영혼들은 한 번에 인간으로 환생하는 일이 점점 줄고 있어."

곰방대를 입에 문 채 사라져 가는 열차를 지켜보던 국장이 말했다. 국장은 하얀 털이 가득한 백호인데 늘 양복을 입었다. 이 모습을 처음 봤을 때 도채비는 어색하기도 했지만 금방 적응이 되었다. 뿔이 다시 간지러워진 도채비는 주머니에서 칼을 꺼냈다. 그때 환생하는 영혼들을 태운 열차가 다가오는 게 보였다. 아까와는 반대로 열차는 보라색 구름을 뚫고 아래로 지나갔다. 환생하러 가는 영혼들이 모두 무기력해 보였다. 도채비가 칼로 뿔을 긁으면서 중얼거렸다.

"환생하는 건 좋은 일인데 왜 저렇게 시무룩할까요?"

"기억을 잊어버렸으니까 그렇겠지. 좋든 싫든 인간에게는 기억이 중요해."

"도깨비에게도 기억은 중요해요."

"알지. 내가 자네를 부른 이유는 따로 부탁할 게 있어서야."

"사적인 부탁인가요?"

도채비의 물음에 국장은 고개를 끄덕이고는 곰방대를 입에서 떼어 내며 말했다.

"내 친구 중에 말이야, 조왕신이라고 있어."

"부엌의 불을 관장하는 신 아닌가요?"

"맞아. 지금이야 불을 쉽게 구할 수 있지만 내가 한창 호랑이로 살았을 때는 불이 정말 귀한 존재였어."

"그래서 사람들이 조왕신을 모신 거 아닙니까?"

"그래. 부뚜막에 작은 단을 만들고 거기에 깨끗한 물을 올려서 섬기지. 꽤 사연이 있는 친구야."

"사연 없는 신수가 어디 있다고요. 그 사연이 바로 신화 아닙니까?"

"그렇지. 그 친구는 원래 효자였어. 걔가 남선비의 일곱 번째 아들인 건 알고 있지?"

"신화 관리청 요원 오리엔테이션 때 들었던 거 같아요."

"남선비가 오동고을에 갔는데 노일자대라는 여인에게 속아서 재산을 다 탕진하고 알거지가 된 채 눈까지 멀게 된 거야. 아무리 기다려도 남편이 오지 않자 여산부인은 직접 찾아가서 밥을 해 먹였지. 그런데 노일자대가 그 모습을 보더니 욕심이 나서 여산부인을 물에 빠트려 죽인 다음 부인으로 분장해서 눈이 먼 남선비와 함께 고향으로 돌아갔어."

"자식들이 못 알아봤죠?"

"그래, 다들 속았지. 하지만 막내인 녹두생이만 속아 넘어가지 않았어. 그러자 노일자대는 녹두생이의 간을 먹어야 눈을 뜰 수 있다면서 아들을 죽이라고 남선비를 꾀어냈지. 하지만 이를 안 녹두생이가 멧돼지의 간을 대신 먹이게 하고는 노일자대의 진짜 정체를 밝혀 버렸어. 정체가 탄로 난 노일자대는 도망치려고 하다가 붙잡혔고 결국 뒷간에 목을 매고 말았지. 형제들은 오동고을에 가서 물속에 있는 어머니의 시신을 모셔 왔어. 그리고 장례를 치르려는데 막내인 녹두생이가 만류하는 거야."

"어머니를 살릴 수 있다고 얘기한 거죠?"

"맞아. 저승에 있는 서천 꽃밭에서 환생할 수 있는 꽃을 가져오겠다고 한 거지. 그 후 학을 타고 어렵게 그곳으로 가서 환생 꽃을 가져와 어머니 여산부인을 살렸어. 그렇게 다시 모인 가족들은 행복하게 살다가 세상을 떠났고 그런 그들을 옥황상제가 신으로 만들어 줬지."

"참, 막내인 녹두생이가 조왕신이었던가요?"

도채비의 물음에 국장이 고개를 저었다.

"죽었다 환생한 여산부인이 조왕신이 되었지. 차가운 물속에 있었으니 따뜻한 불을 쬐라고 말이야. 녹두생이는 앞문을 지키는 신이 되었어."

"그렇군요. 그런데 이렇게 길게 설명하신 이유는 이번 일이 조왕신과 관련이 있어서겠죠? 정확하게는 환생한 조왕신이요."

"역시 똑똑하군. 맞아. 최근 환생한 조왕신의 스트레스 지수가 높아지고 있어."

"무슨 일 때문인데요? 저승계에서 음모를 꾸미는 건 아니죠?"

"대놓고 괴롭히는 건 협정 위반이잖아. 물론 방심하면 안 되겠지만 말이야."

"징글징글한 놈들 같으니. 그런데 그쪽이 아니면 조왕신이 왜 힘들어 하는 거죠?"

"그……."

다 피운 곰방대를 소매 속에 집어넣은 국장이 보라색 구름을 내려다보면서 말했다.

"원인을 찾을 수가 없어."

"관찰하는 것 말고 다른 방법은 써 봤나요?"

"공식적으로 해 볼 수 있는 건 다 해 봤어. 슈퍼컴퓨터도 이유를 알 수 없다고 하고."

"감시 대상인 환생한 신수가 이유 없이 이상 증세를 보이게 되면……."

도채비의 얘기를 국장이 받았다.

"소환하게 되어 있지. 여기로 말이야."

"그럼 지금까지 환생한 건 모두 무효 처리가 되잖아요."

"그래, 그럼 처음부터 환생하는 단계를 거쳐야 해. 염라대왕이 주관하는 심판의 무대에서 말이야."

"염라대왕은 신수들을 별로 안 좋아하죠. 신화도 마음에 들어 하지 않고요."

"세상은 옥황상제가 다스리는 천상계와 인간들이 사는 인간계, 그리고 염라대왕이 주관하는 저승계로 나뉘어 있어. 서로 균형을 잡으면서 유지하고 있지."

"서로 못 잡아먹어서 안달이긴 하죠. 천상계랑 저승계는요."

"맞아, 서로 인간계에서 주도권을 잡으려는 거지. 우리는 심판과 환생을 맡고, 저들은 죽음을 차지하고 말이야. 조왕신에게 신세를 진 적이 있어. 그래서 스트레스 지수가 더 높아지기 전에 문제를 해결하고 싶어."

"비공식적으로요?"

"그래. 비공식적으로 하지 말라고 했지 아예 하지 말라고는 안 했잖아."

여유롭게 웃는 호랑이 국장의 모습을 보면서 도채비가 한숨을 쉬었다.

"그 얘긴 문제가 생기면 제가 뒤집어써야 한다는 뜻도 되겠네요."

"신화라는 게 말이야. 정답이 없는, 끝나지 않는 이야기야. 누군가의 입에서 나와 입에서 입으로 세상을 흘러가다가 누군가 그걸 붓으로 붙잡아서 기록으로 남겼어. 요즘에는 영화나 드라마로 만들어서 끊임없이 새로 재탄생되는 거지. 그러니까 신화는 지금도 만들어지고 있다고 봐야 해. 그 신화 속의 신수 역시 계속 존재하지만 고민과 갈등을 할 수밖에 없지. 내가 나인지, 아니면 이야기 속의 나인지 혼란을 느끼는 경우가 많거든."

"국장님도 그랬나요?"

"나도 한때 그런 고민을 했었어. 그때 내 고민을 잘 들어준 게 조왕신이었지. 덕분에 신화 관리청에 들어와서 요원으로 일하다가 국장까지 된 거고."

"아주 큰 은혜를 입으셨네요. 그래도 공과 사는 구분하셔야 하지 않나요?"

"내가 다 완벽한데 그것만 잘 안 돼."

갑작스러운 농담에 도채비는 빵 터지고 말았다. 그런 도채비에게 국장이 말했다.

"이번 일만 잘 해결해 주면 휴가를 길게 주지."

"정말이요?"

"그럼, 쉴 때가 되었지."

"알겠습니다. 제가 어떻게 하면 될까요?"

"조왕신은 지금 학생으로 지내고 있어."

"여학생이요?"

"아니, 남학생. 폭풍 같은 중학교 2학년이지."

"그럼, 저도."

도채비의 얘기에 국장이 고개를 끄덕거렸다.

"같은 학교 여학생으로 접근해 봐. 분명 우리가 알지 못하는 원인이 있을 거야."

"지금 스트레스 지수가 얼마나 되죠?"

질문을 받은 국장이 손목에 찬 웨어러블 워치를 보고 대답했다.

"668. 방금 669로 올라갔네."

"700이면 레드 존이잖아요."

"맞아. 750이면 소환이고. 원래는 500 언저리였는데 몇 달 사이에 계속 올라갔어."

"그 정도로 스트레스 지수가 올라가는데 원인 파악이 안 된다는 건 납득하기 어려운데요."

"이곳에서 할 수 있는 방법은 다 취했어. 이제 자네가 마지막 남은 방법이고."

"바로 가겠습니다."

"고맙네. 지하 소환실로 가게. 실장에게 미리 얘기해 놨어. 그리고……."

국장은 손목에 차고 있던 웨어러블 워치를 풀어서 도채비에게 건넸다.

"당연히 비공식이니까 이걸로 나에게 따로 보고해."

"이걸 주시면 뭐로 제 연락을 받으시게요?"

국장은 아무 대답 없이 주머니에서 다른 웨어러블 워치를 꺼내 손목에 찼다. 웃으며 고개를 절레절레 저은 도채비는 혼자서 엘리베이터를 탔다. 그리고 지하 4층을 눌렀다. 문이 닫히고 순식간에 내려간 엘리베이터가 지하 4층의 소환실에 멈췄다.

문이 열리자 얼굴이 검은 그슨대가 도채비를 맞이했다. 깜깜한 밤에 어둠보다 더 어둡게 나타나서 사람을 해치고 살던 그슨대는 신화 관리청에서 일하면서부터 누구보다 성실한 요원으로 거듭났다.

"어서 와. 돌아오자마자 인간계로 내려가야 하네?"

"월급쟁이가 쉴 틈이 어디 있겠어요."

그슨대가 낄낄거리며 앞장서 걸었다. 소환실 중앙에는 거대한

포털이 있었다. 엄청나게 큰 원형 금속통 주변에 반중력이 만들어 낸 전기장이 파도처럼 넘실거렸다. 도채비는 원통 안 의자에 앉았다. 다시 뿔이 근질거려 칼을 꺼내서 뿔을 긁어 주는데, 그슨대가 껄껄거렸다.

"도깨비는 참 불편하겠어. 뿔이 맨날 근질거리잖아."

"뭐, 어쩌겠어요."

"하긴, 나도 얼굴이 이렇게 생겨서 소개팅을 못 해."

재미없는 농담을 하고는 머쓱했는지 그슨대가 얼른 웨어러블 고글을 끼고 리포터를 불렀다.

"268번 요원 도채비는 대한민국 월령시에 있는 월령중학교 2학년 도금비가 될 거야."

"아이, 도깨비라고 도씨로 이름을 설정하는 건 너무 대충대충 한 거 아니에요?"

"네가 만날 조왕신 이름은 조신왕이야. 너무 불만 갖지 말라고."

"알았어요."

"너는 며칠 전에 전학했고, 조용한 성격에 음악감상 취미가 있어. 성적은 어중간하고 운동은 딱히 좋아하지 않는다고 나오니까 지난번 바리데기 만났을 때처럼 힘으로 해결하려고 들지 마. 우리는 인간 세계에서 눈에 띄면 안 된다는 걸 명심하라고."

"그럴게요. 주의 사항은요?"

도채비의 물음에 그슨대가 고개를 저었다.

"가야 할 곳에 특이 반응은 없어."

"지난번에도 그랬다가 요괴가 나왔잖아요. 두 마리나요."

"그때는 센서가 고장 나서 그런 거고. 지금은 고쳤으니까 걱정하지 마."

"믿어 볼게요. 그런데 정식 임무가 아니라서 만약 문제가 생기면 정말 큰일 나요."

"국장이 따로 연락하지 않겠어?"

"알잖아요. 바쁘시면 까먹는 거."

"그럼 내가 신호를 보낼게. 어떻게든."

"고마워요."

대화를 마친 도채비는 의자 안전장치인 안전 바를 끌어 내렸다. 그러자 위에서 지상 소환용 헬멧이 내려와 머리 위에 씌워졌다. 가볍게 전기가 찌릿하고 통하면서 도채비의 몸이 움찔거렸다. 그걸 본 그슨대가 콘솔 앞으로 가면서 말했다.

"긴장 풀라고."

"노력해 볼게요."

"자, 그럼 간다. 3, 2, 1!"

하얀빛이 주변을 감싸면서 도채비는 중력이 사라지는 느낌을 받았다. 천상계와 인간계는 서로 다른 공간, 평행우주 같은 곳이라 전

송된다는 개념이었다. 따라서 그 과정에서 두통과 메스꺼움이 생기곤 했다. 도채비가 여전히 적응하지 못하는 과정이었다. 기분 나쁘다는 생각이 들 때 신화 관리청 신수 보호국 268번 요원 도채비는 인간계로 전송되었다.

"아이 씨, 왜 이렇게 무거워."

도금비는 어깨에 맨 가방을 추스르며 투덜거렸다. 그리고 입고 있는 옷을 살피면서 또다시 불평했다.

"촌스럽게 노란색에 체크무늬는 또 뭐야? 환장하겠네."

툴툴대며 골목길을 벗어나는데 언덕 위에 붉은색 벽돌로 지어진 학교가 보였다. 많은 학생이 교문으로 들어가는 중이었다. 가방을 다시 고쳐 맨 도금비는 천천히 언덕을 올라갔다. 교문을 지나자 인조 잔디가 깔린 운동장이 나왔고 건너편에 본관이 보였다. 대부분 운동장을 가로질러 가고 있어서 도금비도 다른 아이들을 따라 운동장을 가로질러 갔다.

"몇 반이라고 했더라? 아! 2반이었지."

현관문 안쪽에 2층으로 올라가는 계단이 바로 보였다. 위로 올라가자 좌우로 복도가 펼쳐졌는데 바로 오른쪽에 2학년 2반 팻말이 걸려 있었다. 먼저 온 학생들은 복도에 삼삼오오 모여서 얘기를 나누거나 춤을 추는 중이었다. 문을 열고 교실로 들어가자 여기저기 흩어진 책상들과 드문드문 앉은 아이들이 보였다. 도금비는 빈자리에 앉은 다음 안경처럼 생긴 웨어러블 센서로 차분하게 주위를 살폈다.

'저기 있네.'

조왕신의 환생인 조신왕은 헝클어진 머리에 바짝 마른 몸, 창백한 얼굴을 한 남학생이었다.

'불의 기운이 전혀 없네?'

신수들은 인간으로 환생해도 예전의 능력이나 존재감을 어느 정도는 가지고 있다. 물론 당사자들은 모르지만 말이다. 그런데 조신왕은 전혀 불의 기운을 가지고 있지 않았다. 오히려 차가운 쪽에 가까웠는데, 더 큰 문제는 다른 데 있었다.

'어머, 스트레스 지수가 700을 넘었네?'

올라가는 속도가 너무 빨라서 조만간 한계선인 750을 돌파할 것 같았다. 조신왕의 뒷모습을 한참 바라보고 있는데 그가 갑자기 뒤돌더니 도금비를 바라봤다. '뭔가 낌새를 알아챈 건가?' 하는 생각에 도금비는 얼른 딴청을 피웠다. 가방에서 교과서를 꺼내서 펼치는데 조신왕이 갑자기 옆으로 다가와 물었다.

"왜 쳐다봐?"

경계심이나 짜증보다는 궁금증이 더 큰 것 같아서 도금비는 배시시 웃는 걸로 대응했다.

"잘생겨 보여서. 배우 닮았다는 얘기 못 들어 봤어? 누구였더라."

"쓸데없이 관심 가지지 마."

딱 잘라 말한 조신왕은 대답을 듣지도 않고 자기 자리로 가서 앉아 버렸다. 도금비가 어버버하다가 당황스러움을 감추기 위해서 귓가의 머리를 만지작거리는데, 그때 뒤에서 웃음소리가 들렸다. 고개를 돌리자 단발머리 여학생이 도금비를 흉내 내며 귓가의 머리를 넘기고 있었다. 그 애 가슴에 안미애라고 적힌 이름표가 붙어 있었다.

"새로 전학 와서 모르나 본데, 쟤는 건드리면 안 돼."

"왜? 착하게 생겼는데."

"착하긴 한데 혼자만의 세상에서 살아."

"그게 무슨 뜻인데?"

도금비의 물음에 안미애는 턱짓으로 창가에 앉아 있는 조신왕을 가리켰다.

"보면 알아. 하루 종일 누구랑 얘기하는 걸 본 적이 없어. 운동도 잘 안 하고, 동아리도 안 하고, 말도 안 해. 숨만 쉬는 거지."

"반 아이들이 따돌리는 거야?"

도금비의 물음에 안미애가 조심스럽게 고개를 저었다.

"아니. 그런 오해를 하는데, 전혀 그렇지 않아. 진짜 알아서 혼자 지낸다니까. 꼭 자따 같아."

"자따는 뭔데?"

"자발적 왕따."

도금비가 '역시 인간들의 말장난은 따라갈 수 없네' 하고 생각하는데 안미애가 물었다.

"그런데 머리 위쪽이 좀 튀어나왔네?"

그슨대가 큰소리만 쳤지 일을 제대로 하지 않은 것 같다. 도금비는 손으로 이마 위쪽을 슬쩍 누르면서 말했다.

"엄마가 그러는데 뿔이 나오려다 말았대."

"뭐냐? 도깨비도 아니고."

안미애가 손으로 입을 가리고 웃더니 선심을 베푼다는 듯 말했다.

"잘 모르는 거 같으니까 교실 분위기를 얘기해 줄게. 잘 들어."

그러곤 교탁 바로 앞 자리를 조심스럽게 바라보면서 덧붙였다.

"저기 모여 있는 애들 보이지?"

"어, 남자애 둘, 여자애 하나."

"오른쪽에 서 있는 남자애가 곽용준이라고 우리 반 반장이야. 키도 크고 못하는 운동이 없어. 완전 엄친아지. 공부 잘하고 금수저에 잘생겼는데 심지어 착하기까지 해."

"다 가지고 있네?"

"정말 부러워. 나는 하나만 잘해도 진짜 행복할 거 같은데 말이야. 그 옆에 앉아서 용준이랑 얘기하고 있는 안경 쓴 애는 한마디로 용준이 오른팔, 박상운이야. 컴퓨터를 겁나게 잘해서 선생님도 따로 불러서 이것저것 물어볼 정도야. 그리고 책도 엄청 많이 읽어서 아는 것도 많고. 단점은 재미없는 개그를 하는 건데 그 정도는 봐줄 만해."

"같이 있는 여자애는?"

"부반장. 이고은이야. 길거리 캐스팅을 몇 번이나 당할 정도로 예쁜 데다가 공부도 잘하고 친구들이랑도 잘 지내. 고등학교 올라가면서 걸그룹으로 데뷔한다는 소문이 도는데 확실하지는 않아."

"춤이랑 노래 잘해?"

"학예회 때 장기 자랑을 하면 무조건 쟤가 1등이야. 좀만 성격이 거지 같았으면 따돌림당하기 딱 좋은데 워낙 명랑하고 유쾌해. 거기다 용준이랑 가까이 지내니까 애들이 감히 따돌릴 엄두를 못 내지. 용준이가 제일 싫어하는 게 질투하고 따돌리는 거라서 말이야."

"다들 용준이 심기를 건드리지 않으려고 하는구나?"

"쟤랑 틀어지면 진짜 인생 나락 가는 거라서. 적어도 우리 반에서는 끝난 거지. 1학기 때도 남학생 하나가 용준이한테 찍혔다가 못 견디고 전학 가더라."

"쟤네가 이 반의 핵심인 셈이네."

도금비의 말에 안미애가 고개를 끄덕거리며 시선을 옆으로 돌렸다.

"저 세 명이 빛이라면 쟤들은 어둠이야."

안미애가 바라보고 있던 뒷문 쪽에 남자애 몇 명이 모여 있었다.

"저기도 세 명이네?"

"왼쪽부터 차례대로 남태주, 오흥민, 김병찬이야. 저 세 명하고는 가까이 엮이지 마."

"말썽을 피워서?"

도금비가 물어보자 안미애가 코웃음을 치며 대꾸했다.

"지저분한 애들이야. 촉법소년이라면서 사고를 하도 많이 치고 다녀서 초등학교 때부터 유명했나 봐. 그러니까 저쪽은 쳐다보지도 마. 우리 반에서는 뒷문파라고 불러. 저쪽에만 앉아 있어서 말이야."

안미애의 얘기를 들은 도금비는 교탁 쪽에 모여 있던 아이들을 바라보며 물었다.

"그럼 쟤들은 교탁파야?"

"그냥 엘리트들이지. 쟤들은 딱히 이름이 없어. 아, 저 옆에 있는 애들은 이름이 있어."

안미애의 시선은 교탁 옆 창가로 향했다. 거기에는 여학생 둘과 남학생 둘이 짝지어서 얘기를 나누는 중이었다. 안미애가 턱을 괸 채 한심하다는 듯 바라봤다.

"쟤들은 덕후파라고 불러. 물론 당사자들은 덕후라는 걸 전혀 인정하지 않지만."

"무슨 덕후?"

"아이돌. 웃기는 건 넷이 각자 좋아하는 가수가 다르다는 거야."

"그러면 보통 싸우지 않아?"

"처음에는 싸웠지. 그런데 지금은 서로 조공하고, 정보 교환하면서 공존하고 있어."

안미애는 마치 해설하듯 반 학생들에 대해서 상세하게 설명해 줬다. 주로 취미나 성적에 따라 몇 명씩 그룹을 이루고 있는데, 딱 두 명만 거기에 속하지 않았다. 조왕신의 환생인 조신왕 그리고 안미애였다. 이 얘기를 하던 안미애가 도금비를 보며 덧붙였다.

"이제 셋이네. 너까지."

"나랑 조신왕은 그렇다 치고 너는 왜 어디에도 안 속한 건데?"

안미애가 볼펜 하나를 꺼내서 마이크처럼 쥐더니 이내 말했다.

"나는 해설자니까."

"해설자?"

"이 반에서 일어나는 모든 일을 설명하고 해설하지. 장래 내 꿈이 아나운서야."

어째 정상적인 애들이 드물다고 도금비가 생각하고 있을 때 안미애가 슬쩍 말했다.

"담임이야."

어느 틈에 들어왔는지 모르지만 앞쪽에 담임선생님이 보였다.

단정한 단발머리에 답답해 보일 정도로 꽉 끼는 목깃이 있는 원피스 차림이었다. 거기에 안경까지 써서 그런지 약간은 답답하고 고집스러워 보였다. 교탁에 서서 학생들을 바라보던 담임선생님이 말했다.

"오늘은 별다른 전달 사항 없어요. 다들 새로 전학 온 금비가 잘 적응할 수 있도록 도와주고, 방과후학교 신청하고 빠지지 말도록. 그리고."

담임선생님이 안경을 끌어 올리며 이어 말했다.

"최근 학교 주변에서 원인을 알 수 없는 화재들이 일어나고 있어요. 알고 있죠?"

"네!"

학생들이 대답하자 담임선생님이 한숨을 쉬었다.

"큰불로 이어지지는 않았지만 항상 조심하고, 불이 난 걸 보면 학교로 전화하거나 119에 신고하도록 하세요."

담임선생님이 나가자마자 도금비가 안미애에게 물었다.

"학교 주변에 불이 났다고?"

교과서를 챙기던 안미애가 대수롭지 않게 말했다.

"몇 번, 큰불은 아니었어. 쓰레기통이랑 화단 같은 데서 작게 일어났다가 꺼진 정도."

"아, 다행이네."

대충 얼버무린 도금비는 창가에 앉아 있는 조신왕을 힐끔 바라봤다. 조신왕은 주변 시선을 피하기 위해서인지 책상에 올려놓은 교과서를 뚫어지게 바라보고 있었다.

'불을 다루는 조왕신이 환생한 인간 주변에서 알 수 없는 화재가 발생한다고?'

생각보다 상황이 심각하다고 느껴졌다. 정확한 연관성은 알 수 없지만 의심해 볼 만한 부분이 있었다. 더군다나 스트레스 지수가 계속 올라가고 있는 것도 마음에 걸렸다.

첫 교시가 시작되었다. 교과서를 펼치고 공부하는 척하면서도 계속 고민에 빠졌다. 무언가가 조신왕을 괴롭히고 있고 그게 화재로 발현되는 게 분명해 보였다. 도금비는 마음이 조급했지만 꾹 참았다. 그리고 점심시간에 다들 식당 가는 틈을 타서 교실 뒷문으로 나와 학교 후문 근처로 갔다. 주변에 아무도 없는 걸 확인한 도금비가 국장에게 받은 웨어러블 워치의 버튼을 눌렀다. 잠시 후, 국장이 받았다.

- 상황은?

- 생각보다 심각합니다. 학교 근처에서 불이 나고 있대요.

- 불이? 얼마 전까지는 괜찮았는데?

- 며칠 전부터 그런 거 같아요.

– 조신왕의 스트레스 지수가 계속 올라가고 있어. 지금 710을 넘었어. 1차 경고가 발령되었고, 2차 경고까지 발령되면 내 선에서 터치 못 해. 대체 어떻게 지내고 있길래 조신왕의 스트레스 지수가 이렇게 빨리 높아지고 있는 거야? 관찰용 센서로는 아무것도 안 보여.

– 조용히 지내고 있고, 남들과의 관계가 거의 없어요.

– 그럼 무슨 이유로 스트레스를 받는 거지?

– 관찰하면서 상황을 파악해 볼게요. 혹시 단서가 될 만한 게 있으면 사소한 거라도 알려 주세요.

– 알겠어. 살펴볼게.

– 통신 끊겠습니다. 아웃.

통화를 끝낸 도금비는 무심코 돌아서려다가 깜짝 놀랐다. 누군가 지켜보고 있다는 느낌이 든 것이다. 감각 좋기로 유명한 도깨비 일족 중에서도 특히 감각이 발달한 도금비는 천천히 주변을 돌아봤다. 후문 오른쪽에 창고로 보이는 낡은 단층 건물이 하나 있었다. 그리고 왼쪽에는 오래된 체육관이 보였다. 운동장 옆에 강당 겸 식당을 새로 지으면서 사용하지 않는다고 했던 곳이다.

'누구지?'

통화를 하는 내내 느끼지 못했던 감각이라서 도금비는 더욱 조심스럽게 발걸음을 옮겼다. 자신의 존재감을 숨길 수 있을 정도라면 평범한 인간이 아닌 게 분명했다.

'아니면 인간이 아니거나.'

도금비는 좌우를 살피다가 체육관 쪽으로 발걸음을 돌렸다. 그쪽에서 극도로 억누른 기척이 느껴졌기 때문이다. 문이 살짝 열려 있기에 체육관 안으로 들어갔다. 커튼이 쳐져 있는 탓인지 내부가 어두컴컴했다. 나무 바닥의 매끌거림을 발끝으로 느끼며 안쪽으로 들어갔다. 싸움을 앞두게 되자 도금비의 눈동자가 도깨비 일족 특유의 붉은색으로 변했다. 도깨비의 눈은 어둠과 안개를 꿰뚫어 볼 수 있기 때문에 숨어 있는 적을 찾을 수 있었다. 도금비는 천천히 주변을 둘러봤다.

'저기 농구 골대 아래!'

기둥처럼 서 있는 농구 골대 뒤로 회색의 그림자가 얼핏 보였다. 두둑거리는 소리와 함께 도금비의 머리를 뚫고 뿔이 삐져나오더니 손톱도 뾰족해졌다.

'인간인 거 같기도 하고 아닌 거 같기도 하고.'

사람 특유의 냄새와 심장박동이 느껴지긴 했는데 이렇게까지 자신의 존재감을 감추다니, 이 정도로 하는 건 쉬운 일이 아니었다.

'혹시?'

'설마' 하는 생각에 발걸음을 옮기려는데 갑자기 위기감이 느껴졌다.

'이크!'

몸을 뒤로 날리자 방금 전까지 서 있던 곳의 바닥에 비늘 같은 게 여러 개 꽂혔다. 그사이 농구 골대 뒤에 있던 그림자는 사라져 버렸다. 너무나 말끔하게 종적을 감춘 것에 도금비는 적잖이 놀라고 말았다. 아까 들어왔던 문이 요란한 소리를 내며 닫혔다.

'저승에서 온 거야?'

도금비의 생각을 알기라도 하듯 어둠 속에서 낄낄거리는 웃음소리와 함께 목소리가 울려 퍼졌다.

"놀랐나? 도깨비."

"어둠을 좋아하고 목소리가 뒤틀린 걸 보니까 저승에서 기어 올라온 게 맞네? 이거 협정 위반이지 않나? 옥황상제께서 염라대왕에게 직통 전화 날리면 좀 피곤할 텐데?"

"규칙과 원칙을 좋아하는 천상계 놈들은 이런 상황을 이해하지 못하겠지. 그러니까 직통 전화는 못 할 거야."

"저승계 놈들은 실력도 하찮으면서 왜 입만 살아 있는 거지?"

"도깨비 놈들도 입만 살았다고 하던데 어린 도깨비도 마찬가지군."

"야! 나 이백 살 넘었거든."

도금비는 말을 하면서 계속 체육관 안을 살펴봤다. 상대방의 신경을 자극해서 존재감을 드러내게 만들려고 한 것이다. 하지만 상대방은 계속 대답하면서도 자신의 위치를 감췄다. 비늘 같은 게 다시 날아왔다. 도금비는 몸을 옆으로 굴리면서 손목에 숨겨 놓은 작은 뿔 조각들을 던졌다. 표창처럼 뾰족하게 갈아 놓은 뿔 조각은 섬뜩한 바람 소리를 내면서 어둠 속으로 빨려 들어갔다. 상대방이 있을 법한 곳으로 던졌지만 별다른 반응은 보이지 않았다.

'젠장! 만만치 않은 놈 같은데?'

공격하는 패턴이나 은신술이 상당히 수준급이었다. 이 정도 실력이라면 저승계 요괴들 중에서도 두각을 나타내는 자다. 그렇다면 신화 관리청 데이터에 있어야 한다. 초조해진 도금비가 말라 버린 입술을 혀로 핥을 때였다. 머리 위에서 세 번째 공격이 이어졌다. 도금비가 정말 아슬아슬하게 공격을 피하자 정체불명의 상대방이 비웃었다.

"신화 관리청의 특수 요원이라더니 형편없군."

"그렇게 형편없게 보이면 나타나 보시지. 별의별 요괴를 다 봤지만 입만 산 요괴는 또 처음이네."

"심장박동 소리가 여기까지 들리는군. 도깨비여, 이곳이 네 무덤이 될 것이다."

"헛소리 그만하고 나와!"

버럭 소리를 지른 도금비는 뿔로 만든 표창을 사방으로 뿌리면서 구석으로 몸을 날렸다.

'일단 창문을 깨고 나가야겠어.'

커튼을 열어젖힌 도금비는 깜짝 놀라고 말았다.

"왜 여기가 벽인데?"

커튼을 열자 창문이 아니라 벽이 보였다. 놀란 도금비는 바로 옆에 있는 커튼도 열었다. 역시 벽으로 막혀 있었다. 예상 밖의 상황에 당황한 도금비는 뒤에서 다가오는 거대한 촉수를 미처 느끼지 못했다. 순식간에 촉수에 목이 졸린 도금비는 그대로 허공에 뜨고 말았다.

"으윽!"

도금비는 빠져나오기 위해 몸부림을 쳤지만 그럴수록 촉수가 더 강하게 목을 졸랐다. 발버둥 치는 도금비 앞에 촉수의 주인이 나타났다. 얼굴과 온몸이 어둠처럼 검고 어깨에는 뿔이 나 있으며, 옆구리에는 물고기 비늘 같은 게 달려 있었다. 그 모습을 본 도금비가 중얼거렸다.

"우와! 진짜 못생겼네."

"도깨비 일족은 허풍이 세다고 하더니, 정말 그렇군."

"배짱이 두둑한 거지."

"멍청한 게 아니라?"

상대방의 비웃음 섞인 말에 도금비가 히죽 웃었다.

"영악하기도 하고 말이야. 지금처럼."

도금비의 눈이 붉게 달아오르면서 불이 뿜어져 나왔다. 놀란 상대방은 촉수를 풀고 뒤로 물러났지만 온몸에 불을 뒤집어썼다. 바닥에 내려앉은 도금비는 손에 움켜쥐고 있던 뿔로 만든 표창을 하나씩 던졌다. 바닥에 넘어진 상대방은 꿈틀대면서 몸부림을 쳤다.

"지옥에서 온 요괴야, 여기는 너희들 땅이 아니야. 어둡고 습한 네가 사는 땅으로 돌아가라. 환생한 신수를 함부로 괴롭히면 옥황상제님께 혼난다."

반쯤 장난식으로 얘기하면서 도금비가 몰아붙이는데, 갑자기 상대방이 괴성을 지르며 일어났다.

"난 누구에게도 혼나지 않아! 감히 날 혼낼 수 있을 거 같아?!"

흥분한 상대방이 입을 한껏 벌렸다. 그러자 아까 본 비늘이 수없이 쏟아져 나왔다.

"어이쿠!"

도금비는 옆으로 구르며 피했으나 비늘 하나가 팔에 꽂히고 말았다. 살짝 비명을 지른 도금비가 손으로 비늘을 뽑아서 내던지고는 다시 뿔로 만든 표창을 던졌다. 하지만 상대방은 이미 불붙은 몸을 질질 끌고 천장으로 사라져 버리고 난 뒤였다.

"어라?"

천장을 바라보자 어둠 속에 희미한 공간 같은 게 보였다. 도금비는 심호흡을 한 뒤 그곳을 향해 날아올라 지붕을 뚫고 밖으로 나왔다. 도금비가 주변을 살폈다. 하지만 어둠 속에서 그를 습격하고 도망친 상대방은 종적을 감춰 버렸다.

"진짜 재빠르네."

지붕에 살포시 내려앉은 도금비는 주변을 살피며 국장에게 연락했다.

‒ 무슨 일이야? 지금 주변에서 열화 반응이 잡혔어.

‒ 저승계 요괴랑 한판 붙었어요.

‒ 뭐라고? 협정 위반이잖아.

‒ 그런 건 신경 안 쓴다는 자세였어요. 실제로 처음 보는 놈이었고요.

‒ 정체가 뭔데? 네가 한판 붙었다고 할 정도면 잔챙이는 아니잖아.

‒ 엄청 센 놈이었어요. 온몸이 검고 어깨에 뿔이 돋아 있었어요. 옆구리에는 물고기 비늘 같은 게 덮여 있었고요. 꼬리도 있는데 엄청나게 긴 촉수였어요.

‒ 처음 듣는 놈인데?

‒ 협정 같은 건 신경 안 쓰는 걸 보면 기존의 요괴와는 다른 놈인 거 같아요. 인간과의 혼종일 수도 있고요.

‒ 그건 불가능해.

국장의 반박에 도금비가 대꾸했다.

‒ 그 불가능한 일을 제가 겪었다고요. 지금처럼 환생한 신수를 자극하는 방

식으로 이놈이 인간계를 설치고 다니면 진짜 골치 아파질 거예요.

 ─ 일단 너는 극비리에 파견된 걸로 하자. 웨어러블 워치로 전투 데이터가 들어왔으니까 놈에 대해서 분석해 볼게.

 ─ 약점을 최대한 빨리 찾아주세요. 다음번에 붙으면 자신 없어요.

 ─ 그 정도야?

 ─ 네, 일급 요괴 수준이었어요. 그러니까 서둘러 주세요.

 ─ 알겠어.

 국장과 연락을 끝낸 도금비는 아무도 없는 걸 확인하고 조용히 체육관 뒤쪽으로 내려왔다. 그때 모퉁이에서 빨대로 바나나 우유를 마시고 있는 안미애와 눈이 마주쳤다. 몇 초만 늦었어도 공중에서 사뿐히 내려오는 걸 들킬 뻔했다. 안미애가 눈을 동그랗게 뜬 채 물었다.

 "여기서 뭐 해? 밥도 안 먹고."

 방금까지 체육관에서 저승에서 온 못생긴 요괴와 치고받고 싸웠다고는 말할 수 없어서 도금비는 슬쩍 둘러댔다.

 "학교 좀 둘러보는 중이었어."

 도금비의 대답에 안미애가 주변을 돌아보며 대답했다.

 "뭐 볼 것도 없는데."

 "입맛이 없어서 그냥 돌아봤어."

"밥 먹을 시간에는 밥을 먹어야지. 어떻게 배가 안 고플 수 있어?"

"뭐 그럴 수도 있지. 그리고 난 원래 아침을 많이 먹어."

그러자 안미애가 심드렁하게 말했다.

"그래? 오늘 점심 맛있었는데."

도금비는 불편한 상황을 벗어나기 위해 화제를 돌리기로 했다.

"아, 다음 교시가 이동수업이었나?"

"나도 몰라."

퉁명스럽게 대답한 안미애가 본관으로 들어갔다. 도금비 역시 주변을 살피면서 조심스럽게 안으로 들어갔다. 일급 요괴가 협정 따위 신경 쓰지 않는 게 너무나 마음에 걸렸던 것이다. 교실로 들어가자 점심을 먹고 온 아이들이 삼삼오오 앉아서 떠들고 있었다. 안미애가 얘기해 준 대로였다. 자기 때문에 벌어진 소동을 아는지 모르는지 조신왕은 여전히 창가에 홀로 앉아 있었다.

'진짜 무사태평이네.'

얄밉기도 하고 안쓰럽기도 한 마음에 조신왕을 바라보는데 그 순간 조신왕도 도금비를 바라봤다. 놀란 도금비가 얼른 딴 데로 시선을 돌렸다. 그리고 반 아이들을 하나씩 천천히 쳐다봤다.

'확실한 건 이 안에 놈이 있다는 거야.'

도금비는 여러 가지로 마음이 복잡했다. 그래서 등 뒤에서 누가 다가와 어깨를 쳤을 때 깜짝 놀랐다. 뒤를 돌아보자 도금비의 눈에 안미애가 보였다. 아까의 상황이 떠올라서 도금비가 어색하게 웃자 안미애가 말했다.

"이따 학교 끝나고 잠깐 나랑 얘기 좀 해."

"어, 알았어."

무슨 일인지 궁금했지만 지금은 뭘 물어볼 분위기도 아닌 데다가 바로 수업 시작 종이 울려서 교과서를 챙겨 일어나야만 했다. 이동수업 시간이기 때문이다. 도금비를 힐끔 보던 조신왕 역시 교과서를 챙기고는 힘없이 일어났다.

오후 수업이 모두 끝나고 종례까지 마치자 아이들은 개미 떼처럼 흩어졌다. 학원을 가야 하는 아이들과 방과후학교 때문에 남는 아이들 그리고 이도 저도 아닌 쪽으로 나뉘었는데, 교실에서 어울리던 아이들은 대부분 같이 움직였다. 안미애가 엘리트라고 알려준 아이들은 학원 얘기를 하면서 앞문으로 나갔고, 뒷문파는 노래방에 가자고 말하면서 뒷문으로 나갔다. 덕후파는 각자 좋아하는 아이돌 가수의 이름을 얘기하면서 나갔는데 아마 모임에 가는 것 같았다. 오직 조왕신의 환생인 조신왕만이 어디에도 속하지 못한 채 가방을 메고 교실 밖으로 나갔다. 표정이나 움직임을 보면 스트레스 지수가 더 높아진 게 분명했다. 따라가 보고 싶었지만 안미애가 보자고 해서 어쩔 수 없이 남아야만 했다.

'여차하면 때려눕히고 가야지.'

한쪽 어깨에 가방을 둘러멘 안미애가 나오라는 듯 눈짓하더니 교실 밖으로 나갔다. 도금비도 가방을 메고 뒤따라갔다. 안미애가 도금비를 데려간 곳은 아까 정체불명의 요괴와 싸웠던 체육관 근처였다. 도금비는 혹시나 하는 마음에 뿔로 만든 표창 하나를 슬쩍 손바닥에 쥐고 있었다. 체육관 뒤쪽으로 돌아간 안미애가 갑자기 홱 돌아섰다. 표정이 무시무시하게 변해 있어서 도금비는 한 걸음 뒤로 물러났다. 팔짱을 낀 안미애가 도금비를 노려보면서 입을 열었다.

"너, 솔직히 말해 봐."

다짜고짜 따지고 드는 안미애의 말에 도금비는 머뭇거리며 물었다.

"뭘 솔직하게 말하라는 건데?"

"여기 전학 오자마자 신왕이한테 집적거리고 있잖아."

안미애의 입에서 조신왕이라는 이름이 나오자 도금비는 여차하면 표창을 던질 준비를 했다.

"언제 집적댔다고 그래? 그냥 특이해서 바라본 것뿐이야."

"그런 눈빛이 아니던데?"

"내 눈빛이 어때서?"

짜증이 난 도금비의 대꾸에 안미애가 화를 냈다.

"거짓말하면 가만 안 놔둔다!"

도금비는 안미애의 팔을 잡고 세게 비틀었다. 안미애가 비명을 지르며 주저앉았다. 도금비는 안미애의 팔을 더 세게 움켜쥐었다.

"아파!"

안미애가 파랗게 질린 얼굴로 얘기해도 도금비는 팔을 꽉 잡은 채 물었다.

"누가 너한테 그런 얘기 했어?"

"무슨 얘기?"

"내가 조신왕에게 관심 있다고 너한테 귀띔한 게 누구냐고!"

도금비가 강하게 소리치자 안미애가 얼굴을 찌푸렸다.

"그, 그게……."

"팔 부러뜨려 줄까?"

"아, 알았어. 상운이가 알려 줬어."

"상운이? 재미없는 아재 개그 한다는 애?"

"어, 걔가 알려 줬어. 네가 신왕이한테 관심 있어 보인다고."

"걔가 왜 그걸 알려 줬고, 너는 왜 그걸 가지고 나한테 시비를 거는 건데?"

"내가 신왕이 좋아한단 말이야. 그런데 네가 신왕이를 빼앗아 가려는 거 같아서 짜증이 났어."

어처구니가 없어진 도금비가 안미애에게 화를 냈다.

"나 걔한테 관심 없거든."

"근데 왜 자꾸 쳐다보고 말 걸려고 그래? 걔는 내 거란 말이야."

"뭐라는 거야? 그냥 궁금했던 거라고. 걔는 내 스타일 아니야."

"진짜?"

안미애의 물음에 도금비가 고개를 절레절레 저었다.

'인간들은 역시 골 때리는 존재야.'

도금비는 이런 생각이 들었지만 입 밖으로 내뱉지는 않았다. 그때 뭔가 머리를 스쳐 지나갔다. 도금비는 안미애를 잡아 일으켰다. 예상대로 안미애는 고개를 돌리며 시선을 피했다.

"너, 내 눈 좀 똑바로 봐."

"싫어. 안 볼 거야."

도금비는 이리저리 머리를 돌리는 안미애를 붙잡아서 강제로 자기 눈을 보게 만들었다.

"내 눈을 봐."

도금비는 눈을 붉게 만든 뒤 안미애의 눈을 노려봤다. 안미애는 최면에 걸려 있었다. 도금비는 흐느적거리는 안미애의 정신을 살펴본 뒤 말했다.

"넌 그냥 나랑 잘 얘기하고 집에 돌아가는 거야. 가서 아프다고 하고 씻고 침대에 들어가서 자. 오늘 일은 다 잊어버려."

"알았어."

느릿하게 대꾸한 안미애가 돌아섰다. 도금비는 멀어져 가는 그 애를 바라보다가 손목에 찬 웨어러블 워치를 켰다. 이번에도 국장이 바로 받았다.

– 어디야? 안 그래도 연락하려고 했어.
– 그것보다 먼저 조신왕 현재 위치 좀 파악해 주세요.
– 지시할게. 잠깐만.

모니터 요원들에게 지시를 내리는 국장의 목소리가 들렸다. 잠시 후 국장이 다시 입을 열었다.

– 조신왕의 스트레스 지수가 720을 넘었어. 감찰반에서 움직일 준비를 하고 있어.
– 누가 조신왕을 괴롭히는지 알 거 같아요.
– 진짜? 누군데? 잠시 대기.

누군가 국장에게 와서 속삭이는 소리가 들리더니 국장이 다급한 듯 말했다.

– 지금 조신왕은 학교 안에 있어.

- 아까 저랑 싸운 요괴가 지속적으로 조신왕을 괴롭혔던 거 같아요.

- 뭐라고? 그런 적 없는데?

- 직접적으로 괴롭힌 게 아니라 정신적으로 괴롭힌 거 같아요. 방금 저를 유인하려고 했던 반 친구에게도 최면을 걸었더라고요.

- 최면?

- 네, 아주 강력해요. 저한테 할 말이 있다고 남으라고 하더니 다짜고짜 시비를 걸었어요. 제가 제압한 다음에 보니 그 애한테 최면이 걸려 있었어요.

- 그래서?

- 반 친구인 박상운 이름을 말하던데, 최면을 풀다 보니까 다른 존재가 확인되었습니다. 힘으로 제압당하면 다른 이름을 말하라고 했던 것 같아요.

- 이중 최면이군. 요괴 중에도 그런 술수를 쓰는 놈이 있다니…….

- 생각보다 상황이 심각합니다. 얼른 막지 않으면 스트레스 지수가 높아져서 폭주할지 몰라요.

- 방금 위치 확인했어. 본관 5층 옥상이야.

- 알겠습니다.

국장과의 통화를 마치고 도금비는 주변을 살폈다. 학생들 대부분이 교문을 빠져나가고 있었다. 심호흡을 한 도금비가 외쳤다.

"도깨비 뛰기!"

무릎을 꿇어서 추진력을 얻은 도금비는 훌쩍 뛰었다. 단숨에 본관 옥상까지 날아간 도금비는 사뿐하게 내려앉았다. 그리고 주변을 재빨리 스캔했다. 딱히 눈에 띄는 건 없었지만 요괴의 존재는 금방 눈치챌 수 있었다.

"오른쪽 비상구 출입문이네."

도금비는 손에 뿔로 만든 표창을 움켜쥔 채 뛰어갔다. 비상구 출입문을 돌자마자 난간 위에 서 있는 조신왕의 모습이 보였다. 한 발만 앞으로 내디디면 아래로 추락할 것 같았다.

"야! 안 돼!"

놀란 도금비가 뛰어가려다가 다른 존재를 느끼고는 발걸음을 멈췄다. 비상구 출입문에 기대어 있던 것은 다름 아닌 담임선생님이었다. 원피스 차림의 그녀는 팔짱을 낀 채 허겁지겁 달려온 도금비를 바라봤다.

"생각보다 빨리 왔네."

"그럼, 너희한테 나는 냄새가 지독해서 엄청 멀리서도 찾을 수 있거든."

심드렁하게 대꾸한 도금비가 뿔로 만든 표창을 던질 준비를 했다. 이 정도 거리라면 빗나갈 일은 없었다. 그런 도금비의 속내를 눈치챘는지 담임선생님이 안경을 벗으며 말했다.

"손끝 하나라도 움직이면 쟤는 저기서 뛰어내릴 거야. 네가 아무리 날고 기는 신화 관리청의 요원이라고 해도 방법이 없다고."

틀린 얘기는 아니다. 그래서 도금비는 가운데서 주춤거리며 양쪽을 바라봤다. 조신왕의 눈이 풀려 있는 걸 보니 아주 강한 최면에 걸린 게 분명했다. 그걸 보고 있자니 의문이 들었다.

"어떻게 눈치채지 못했지?"

도금비의 말에 담임선생님이 손에 들고 있던 안경을 으스러뜨리며 대답했다.

"너희들은 항상 똑똑한 나머지 모든 걸 예측하고 있다고 착각하더라. 우리 눈에는 너희가 얼마나 허술한지 다 보이는데."

"그렇게 잘 아는 놈들이 왜 수천 년 동안 번번이 패했을까? 그러다가 질질 짜면서 협정을 맺었지, 아마."

"도깨비 일족은 혓바닥으로 흥했지만 결국 그 혓바닥으로 망할 거야."

"너희들 처량한 신세나 걱정하지 그래? 요즘 지옥에 사람이 넘쳐 나니까 정신 못 차리는 모양이네."

도금비가 비아냥거리자 담임선생님이 안경을 으스러뜨린 손에 힘을 줬다. 그러자 부서진 안경이 얼음송곳처럼 변해 버렸다. 담임선생님의 몸도 차츰 검게 변했다. 어깨에 뿔이 돋아나고 감춰 뒀던 꼬리가 촉수처럼 뻗어 나왔다. 아까 체육관에서 만난 요괴가 분명했다. 담임선생님이 요괴로 변신하는 모습을 지켜보던 도금비가 손가락질을 했다.

"모양새는 그럴듯한데 뭔가 빠진 거 같네. 그래서 우리 신화 관리청에서 체크를 못 한 건가? 잔챙이들은 걸러 내거든, 번거로워서 말이야."

"나는 저승계 요괴가 아니야. 사악한 인간들의 마음이 뭉쳐져서 만들어졌으니까. 그래서 너희가 내 존재를 알아차리지 못했던 거야. 그러니 난 양쪽이 맺은 협정 따위는 신경 쓰지 않아도 괜찮아."

"그랬구나, 어쩐지⋯⋯."

"조왕신의 환생, 조신왕이 그 시작이야. 이제부터 인간계를 지옥으로 만들고 말 거야."

날카롭게 웃는 요괴를 보던 도금비가 갑자기 고개를 들었다.

"잘 찍히려나?"

"무슨 소리야?"

"요즘은 기술이 좋아져서 천상계에서도 다 볼 수 있어. 물론 촬영도 가능하지."

"그래서 어쩌려고?"

요괴의 물음에 도금비가 살짝 웃었다.

"저승계랑 관련 없다는 건 네 주장이고. 우린 널 찍어서 저승계에 협정을 위반했다고 컴플레인 걸려고."

"아니라니까."

"저승계랑 엮이면 거짓말을 숨 쉬듯이 하더라. 금방 들킬 것도 말이야. 그러지 말고 손 좀 흔들어 봐."

도금비의 비아냥에 요괴는 무심코 고개를 들었다. 그 틈을 노린 도금비는 요괴에게 뿔로 만든 표창을 던졌다. 그런 다음 곧바로 조신왕을 향해 몸을 날렸다. 간신히 난간 위에 멍하게 서 있는 조신왕을 끌어안고 아래로 뛰어내렸다. 둘은 본관 앞 보도블록 위에 떨어졌다. 최대한 조심했지만 보도블록이 우수수 깨지면서 먼지가 피어났다. 도금비가 한숨을 돌린 뒤에도 조신왕은 아직도 정신을 차리지 못했다. 도금비는 조신왕의 눈을 뚫어지게 바라봤다.

"젠장, 엄청나게 강력한 최면을 걸었네."

그 말이 끝나기 무섭게 위에서 요괴가 뛰어내렸다. 요괴는 내려오면서 안경이었던 얼음송곳을 칼로 바꾼 다음 도금비를 향해 휘둘렀다. 도금비는 조신왕을 끌어안고 옆으로 몸을 날렸다. 그러곤 몸을 일으키면서 말했다.

"선생님이 학교에서 그렇게 칼을 휘둘러도 되나?"

"몰랐어? 요즘 학교는 지옥이야. 세상도 지옥으로 변하고 있고 말이야."

도금비는 어깨를 으쓱거렸다.

"맞는 말이긴 한데, 그게 지옥을 위한 일이야? 인간계가 지옥이 되면 저승계의 지옥은 더 지옥이 되어야 할 텐데 말이야."

말발에서 밀린 요괴가 촉수를 꼿꼿이 세운 채 대꾸했다.

"말로 해서는 안 되겠네."

"정확하게 얘기해야지. 말로 해서는 못 이기겠네."

도금비가 히죽 웃고는 손바닥을 펼치며 주문을 외웠다. 그러자 손에 기다란 채찍이 쥐어졌다. 바닥에 늘어진 채찍을 휘두르자 요괴가 황급히 날아올랐다. 하지만 채찍은 마치 살아 있는 것처럼 움직이면서 요괴의 촉수를 붙잡았다.

"꼬리가 길면 잡히는 법이지."

도금비는 손에 힘을 주며 주문을 외웠다.

"아라브한 나브지!"

신수들의 힘이 합쳐지면서 요괴를 강타했고 그대로 요괴는 본관 너머 후문 쪽으로 날아갔다. 도금비는 멍하게 서 있는 조신왕에게 급히 말했다.

"넌 집에 급한 일이 있어서 돌아간다. 뒤도 돌아보지 말고 달려. 집에 가서는 씻고 한숨 푹 자."

조신왕이 교문으로 뛰어가는 모습을 지켜보던 도금비가 손가락을 우두둑 꺾으면서 본관을 돌아 후문 쪽으로 갔다.

"신나게 한번 놀아 보자고."

건너편으로 날아간 요괴는 이제 막 몸을 일으키는 중이었다.

"선생님, 몸이 좀 안 좋아 보이시네. 조퇴하시고 원래 살던 곳으로 가시죠."

"여기가 내가 사는 곳이야."

"그 몰골로 나가면 아무도 반기지 않을 텐데?"

또다시 말발에서 밀린 요괴는 촉수를 휘두르며 달려왔다. 도금비도 채찍을 휘두르며 맞서 싸웠다. 이번에도 촉수를 감는 데 성공했지만 상대방도 그걸 예상했는지 촉수에 감춰져 있던 가시를 펼쳤다. 그 바람에 채찍이 심하게 찢어지고 말았다.

"젠장!"

찢어진 채찍을 거둔 도금비가 양손을 교차시켰다. 그러자 팔에 차고 있던 팔찌에서 세찬 냉기가 흘러나갔다. 요괴 주변에 있던 나무들이 그대로 얼어붙었다. 요괴의 손도 하얗게 얼어 버렸다. 그 모습을 지켜보던 도금비가 훌쩍 날았다.

"촉수로 한번 막아 봐."

요괴는 자신에게 날아오는 도금비를 향해 가시 돋친 촉수를 휘둘렀다. 하지만 도금비는 다시금 팔찌에서 냉기를 뿜어내 요괴의 가시와 촉수를 순식간에 얼어붙게 만들었다. 결국 요괴는 얼어 버린 촉수를 끊어 냈다. 도금비가 화단 쪽으로 착지하면서 비아냥거렸다.

"어라, 도마뱀처럼 꼬리를 끊네? 살랑거리지 못해서 어쩌나."

"다른 무기도 많아."

요괴는 허리에 붙은 비늘들을 뽑아서 던졌다. 도금비는 잽싸게 화단 뒤로 몸을 숨기고 비늘들을 피했다. 그런 도금비의 머리 위로 요괴가 날아왔다. 옆으로 몸을 굴린 도금비가 투덜거렸다.

"이러면 최종 병기를 꺼내야 하잖아. 진짜 싫은데."

심호흡을 하던 도금비가 주문을 외웠다. 그러고는 손을 하늘로 뻗었다.

"나와라! 도깨비방망이!"

그 순간 하늘에서 빛이 내려오더니 도금비의 두 손에 도깨비방망이가 생겼다.

"넌 이제 뒈졌어."

도금비는 도깨비방망이를 양손으로 움켜쥐고는 요괴에게 달려들었다. 요괴는 두 팔로 막으려고 했지만 무시무시한 힘을 이겨 내지 못하고 뒤로 밀려났다. 도금비가 한 번 더 도깨비방망이를 휘둘렀다. 그러자 요괴의 왼쪽 어깨에 있던 뿔이 두 동강 났다. 화단까지 밀려난 요괴가 입을 벌리며 기괴한 소리를 냈다.

"나는!"

하지만 그 말이 채 끝나기도 전에 도금비는 요괴의 입을 도깨비방망이로 틀어막았다.

"아 씨, 귀 아프게 자꾸 떠들고 지랄이야. 요괴들은 정말 말이 많아서 싫다니까."

도금비는 요괴의 입에 박힌 도깨비방망이를 뽑은 뒤 풀 스윙으로 요괴 머리를 후려쳤다. 머리가 반쯤 박살 난 요괴가 옆으로 쓰러지자 천천히 담임선생님으로 돌아왔다. 얼른 담임선생님의 상태를 확인한 도금비가 주변을 살피며 웨어러블 워치로 국장에게 연락을 했다.

　－ 어떻게 됐어?
　－ 요괴 처치했어요.
　－ 처리반 보낼까?
　－ 아뇨, 선생님으로 돌아왔어요.
　－ 그래? 원래 사람이었단 말이야?

국장의 물음에 도금비가 대답했다.

　－ 네. 어떤 이유인지는 모르지만 사람인데 요괴의 숙주가 되었던 거 같아요. 지금까지와는 다른 패턴입니다.
　－ 아, 이거 원래 날뛰던 요괴들도 골칫거리인데 말이야.
　－ 어쨌든 이 건부터 해결해야죠.
　－ 사실상 해결됐어.
　－ 네?
　－ 조신왕의 스트레스 지수가 600 아래로 떨어졌어.

– 그렇게 빨리요?

– 전문가 얘기로는 강력한 최면에 걸린 것 때문에 지속적으로 스트레스 지수가 높아졌던 것 같대. 현재 그 최면은 풀렸고 말이야.

– 새로운 요괴의 탄생이군요.

도금비의 얘기에 국장의 한숨 섞인 대답이 들려왔다.

– 슈퍼컴퓨터의 분석도 비슷해. 앞으로 비슷한 요괴들이 더 나올 확률이 높다고 하더군. 그래서 긴급 대책 회의를 준비하고 있어. 어서 돌아와서 참석해야겠어.

도금비는 쓰러진 선생님을 바라보다가 학교를 봤다.

– 이제 학교에 재미를 좀 붙였는데, 아쉽네요.

– 다음에 또 보내 줄게.

– 알겠어요. 소환 좌표부터 보내 주세요.

– 그대로 있어. 바로 소환할게.

– 알겠습니다. 아웃.

통화를 끝낸 도금비는 가볍게 한숨을 쉬었다.

"이제 다시 도채비로 돌아갈 시간이네."

잠시 후, 맑은 하늘에서 빛이 내리쬐었다. 가만히 서 있던 도금비가 삽시간에 빨려 올라가더니 곧 사라져 버렸다.

작가의 말

:

'신화(神話)'는 글자 그대로 '신들의 이야기'라는 뜻입니다. 인간이 한 치 앞도 모르던 시절, 알 수 없는 미래에 대한 두려움은 말로 표현하기 어려울 정도로 컸습니다. 그래서 인간은 자연스럽게 절대적 존재인 신에 의지하였고, 자신에게 닥쳐오는 불행과 행운 그리고 알 수 없는 주변의 현상들을 신의 이름으로 이해하고 납득했습니다. 그래서 탄생한 것이 바로 신화입니다. 오랜 기간 신화는 사람들에게 신들을 존경하고 숭배하는 징표이자 상징으로 받아들여졌습니다. 인간이 우주로 나가서 달에 발자취를 남기고 생명의 비밀들을 풀어내는 21세기에도 여전히 신화는 우리의 사랑을 받고 있습니다. 과학이 발달했지만 미래는 여전히 예측 불가능한 존재이자 공간으로 남아 있기 때문이죠.

수천 년의 역사를 가진 우리 민족 역시 단군신화를 비롯해 여러 가지 신화가 이어져 내려오고 있습니다. 하늘에서 내려와서 인간과 더불어 살고, 알에서 태어나거나 새나 동물로 변신하는 능력을 가진 영웅들의 이야기도 있고, 도깨비를 비롯해 인간이 아닌 존재들의 이야기도 있습니다. 그중에서 제가 주목한 것은 바로 도깨비입니다. 우리가 알고 있는 도깨비는 머리에 뿔이 있고 가죽옷을 입었으며 손에 방망이를 들고 있습니다. 하지만 우리나라 신화에 나오는 도깨비는 일정한 형태로 존재해 있지 않습니다. 오래된 물건, 특히 빗자루가 도깨비로 변신한다는 이야기가 많은데, 그것은 우리 주변에 그만큼 많은 도깨비가 존재할 수 있다는 것을 의미하기도 하죠.

어린 시절에 신화를 들으면서 그걸 처음 만들었던 사람이 누군인지 상상해 봤습니다. 구석기 시절 방금 잡은 사냥감을 앞에 두고 의기양양하게 떠드는 사냥꾼일 수도 있고, 청동으로 된 거울을 가슴에 달고 청동 방울을 흔들던 제사장이었을 수도 있습니다. 부뚜막에 앉아서 심심해 하는 자식들에 게 방금 지어낸 이야기를 들려주는 어머니였거나, 공부에 도통 흥미를 보이지 않는 학동들을 조금이 라도 재미있게 해 주기 위해 고심하던 늙은 훈장 이었을 수도 있습니다. 그리고 시간이 흘러 컴퓨 터에 글을 쓰는 제가 그걸 이어받게 된 것이죠. 어 릴 때는 상상하지 못했던 결론이라 그 시절을 떠 올리며 잠시 키보드를 멈추기도 했습니다. 신화가 사라진 민족은 상상할 수 없습니다. 그래서 다양 한 형태로 즐겼으면 하는 마음으로, 도깨비를 사 랑하는 마음으로 이번 단편을 썼습니다. 부디 재 미있게 읽어 주시면 좋겠습니다.

이윤선

대학원에서 아동문학을 전공했다. 함께 사는 아이들이 어린이일 때는 그림책, 동화를 주로 썼고, 최근 청소년이 되면서 주로 청소년소설을 쓰고 있다. 아이들이 어른이 되면 제주에 작은 작업실을 얻어 더 왕성한 작가 활동을 하고 싶다. 지은 책으로는 『해녀의 딸, 달리다』 『내 친구 로봇, 팍스』 『치과 가기 전날』 등이 있다.

복수의 삼각형
-안개 낀 섬의 초대

1

잠이 오지 않았다. 시체처럼 누운 채로 눈만 말똥거렸다.

"으흐흐흐흐흐."

웃음인지 울음인지 모를 소리가 또 들렸다. 시계를 보니 밤 열두 시가 조금 넘은 시간이었다. 어제처럼 좀만 참고 있으면 들리지 않을 거라고 주문처럼 외웠다. 하지만 그런 나를 비웃기라도 하듯 경계가 모호한 소리는 무거운 밤공기에 엉겨 붙어 급기야 말소리로 변했다.

"가지 마요. 날 두고 가지 마요."

여자 목소리였다. 거실 불을 켜고 발코니를 살피면 엄마가 깰지도 모른다. 낮에 종종거리고 다녔을 엄마에게 걱정을 하나 더 얹어 주고 싶지 않았다. 이어폰을 귀에 꽂고 즐겨 듣는 랩의 볼륨을 높였다. 래퍼 목소리가 왕왕거렸다. 지겹도록 들어도 질리지 않는 곡이다. 작은 소리로 랩을 따라 부르며 고개까지 까딱까딱 리듬을 타니 기분이 좀 더 업되었다. 내일은 꼭 발코니를 살펴봐야겠다고 다짐하며 잠이 들었다.

내 이름은 이현후. 제주 모슬포중학교 2학년이다.

장마 기간이라 며칠째 비가 내리고 있다. 습도가 높아서인지 온몸이 축축하고 신경까지 예민하다. 누군가 사소한 일로 조금만 거슬리게 해도 팡 터질 것 같다. 하지만 그럴 일은 없을 거다. 속이 부글부글 끓어도 겉으로 표현하는 일은 그리 쉬운 게 아니니까. 뒤로 넘어져도 코가 깨진다더니, 발코니에서 들리는 이상한 소리까지 내 삶에 끼어들어 기분이 더 엉망이다.

'도대체 나한테 왜들 그래?'

아빠가 지구 행성을 떠나 우주를 떠돈 지 석 달이 지났다. 처음에는 얼떨떨 정신이 없다가 장례식이 끝난 며칠 후부터 시도 때도 없이 눈물이 나왔다.

'왜 이런 불행이 나한테 왔을까. 왜 우리 집에 찾아왔을까?'

절친이자 새 박사인 민섭이는 늦둥이로 태어났는데 환갑이 지난 부모님이 모두 건강하시다. 그런데 우리 아빠는 오십도 안 되어 돌아가셨다. 태풍이 지나고 고요함이 찾아왔지만, 쓰레기가 나뒹구는 해변가처럼 마음은 스산하다. 혼자 있을 때는 자주 울컥한다. 하지만 사람들 앞에서는 무표정한 얼굴로 지낸 지 꽤 오래되었다. 물론 아빠가 돌아가시기 전에도 밖으로 감정을 드러내는 건 쉽지 않은 일이었는데 그 증상이 더 심해졌다.

아빠의 마지막 순간에 병실을 지킨 건 나 혼자였다. 그날 아침, 아빠의 컨디션은 좋았다. 전과 다르게 눈에 생기가 돌고 말씀도 잘하셨다. 엄마는 병세가 호전되는 것 같다며 상기된 표정으로 아빠의 옷가지를 챙기러 집에 갔다. 엄마가 병실을 비운 지 한 시간도 채 안 되었을 때 아빠의 호흡이 가빠졌다. 의사 선생님은 마지막이 될 것 같다며 얼른 엄마를 부르라고 했다. 겁에 질려 울고 있는 나에게 아빠는 겨우 입을 떼고 유언을 남겼다. 그런데 아빠의 마지막 유언은 나를 더욱 미궁에 빠트렸다.

"현후야, 마라도에는 절대로 가…… 가지 마라."

"네? 왜, 왜요?"

"그…….

아빠는 그 이유를 말하지 못하고 눈을 감았다. 아빠의 손에는 여전히 온기가 남아 있었지만 숨은 쉬지 않았다. 엄마는 아빠 유언에 대해 뭔가 아는 듯했다. 그러나 아무런 설명도 해 주지 않았다. 엄마는 엄마대로 아빠를 대신해 가장이 되어야 했고, 남편을 갑자기 잃은 슬픔도 컸을 테니까. 게다가 새로 차린 안경원 일로 눈코 뜰

새 없이 바빠 집에 돌아오면 녹초가 되었다.

"이현후, 너 여기서 뭐 함?"

창밖을 보며 멍 때리고 있는데 그 애가 내 어깨를 툭 치며 다가왔다. 짝꿍 신해랑이었다.

"어? 어…… 그, 그냥."

햄버거 먹으면서 흘린 야채 부스러기와 소스가 신경 쓰여 티슈로 대충 닦다 보니 말을 더듬고 말았다.

"그게 저녁이야?"

신해랑의 관심은 조금 신경 쓰인다. 신해랑은 중간고사가 끝난 4월 말쯤 전학을 왔다. 어디서 왔는지 그 애의 소개를 들어 본 적은 없다. 아무래도 시험이 끝난 후라서 어수선한 분위기 때문인지 더욱 주목받지 못한 것 같다. 짝이 없는 내 옆자리에 신해랑이 앉게 되면서 자연스럽게 말할 기회가 생겼다. 그렇지 않았다면 학기가 끝나도록 대화할 일도 없었을 거다. 나는 호기심이 그다지 많지 않고 친하지 않은 상대에게 먼저 다가가는 성격이 아니다.

신해랑의 손에는 소프트아이스크림 한 개가 들려 있었다.

"너 이거 먹음?"

나는 고개를 저었다.

"아파서 어제까지 죽만 먹었어. 아이스크림은 무리야."

일상적인 대화를 나눴을 뿐인데 이 기분은 뭐지. 심장이 빠르게 방망이질 쳤다.

창밖을 보니 모슬포항 주변에 짙게 드리워진 검은 구름은 어느새 걷히고 해가 빼꼼 나와 있었다. 그 애의 검은 머릿결이 반짝였다. 신해랑의 스타일은 조금 촌스러운 듯했지만 볼수록 묘하게 끌렸다. 까무잡잡한 얼굴에 양 갈래로 땋은 머리가 교복과 잘 어울렸다. 흔하지 않은 머리인데도 그걸 가지고 놀리거나 이상하게 생각하는 친구는 없었다. 겉으로 표현할 만큼 관심이 없는 건지도 모르겠다. 특이한 점은 신해랑 또한 다른 아이들에게 별 관심이 없어 보였다. 오직 짝꿍인 나한테만 줄곧 말을 걸어왔다. 잠깐 신해랑과 학교에서 나누었던 대화가 떠올랐다.

"너, 형제는 있니?"

사실 좀 생뚱맞은 질문이었다.

"아니, 외동이야."

"아하, 외동. 귀하게 자랐겠음? 부모님은 다 살아 계셔?"

나는 그 질문에 대답하지 못한 채 멀뚱멀뚱 신해랑을 쳐다보았다. 그때 곁을 지나던 고미래가 투덜댔다.

"뭐야? 동사무소에서 호구조사 나온 공무원이야?"

그 말이 좀 웃겨서 나는 픽, 하고 웃었다. 그런 나를 보고 고미래도 덩달아 웃었다. 하지만 고미래 뒤에 있는 오승재와 눈이 마주쳐 슬그머니 고개를 돌렸다.

"야 고미래, 너 여동생 있냐고 물어보는데 왜 대답을 안 해?"

오승재가 고미래 뒤를 따라가며 말하는 게 들렸다. 그제야 상황 정리가 됐다. 나는 신해랑한테 대답하기 싫은 말을 꺼내야 했다.

"아빠 돌아가셨어."

신해랑은 내 말에 눈이 좀 동그래졌다. 그러더니 턱을 괴고 몸을 쭈그려 앉고는 골똘히 생각에 빠져들었다.

다음 날부터 나는 유행 중인 독감에 걸려 학교에 나가지 못했고 그렇게 일주일이 흘렀다. 독감에 걸리면 일주일을 쉴 수밖에 없다. 전염을 막기 위한 학교의 방침이었다. 엄마는 오늘도 어김없이 죽을 끓여 놓고 새로 개업한 안경원에 출근했다. 엄마가 끓인 잣죽을 먹고 나니 입맛이 조금 돌아왔고 기운이 생겼다. 점심에 또 죽을 먹는 건 좀 지겹기도 해서 햄버거나 먹을까 싶어 오랜만에 외출을 했다. 모슬포항 근처에 즐비한 횟집과 생선구이 집을 지나 햄버거 가게가 있는 홍마트 안에서 신해랑과 딱 마주칠 거라고는 꿈에도 생각하지 못했다. 내 옆에서 아이스크림을 먹는 신해랑이 비현실적으로 느껴졌다.

"이 팽이같이 생긴 거 제법 맛있네."

아이 때부터 이어져 온 금지 식품 목록에 아이스크림이 들어 있기라도 한 걸까. 마치 처음 먹는 사람처럼 말했다. 쌍꺼풀 없이 옆으로 길쭉한 눈 속의 까만 눈동자가 유난히 빛났다.

"많이 아팠음? 얼굴이 반쪽이네."

신해랑은 그 말을 하면서 갑자기 아이스크림 밑부분을 순식간에 덥석 베어 먹었다.

"아."

아이스크림이 밑으로 쑥 빠졌다. 쉽게 예상할 수 있듯 여지없이 신해랑의 옷에 아이스크림이 떨어졌다. 신해랑은 당황했는지 손에 쥐고 있던 아이스크림까지 떨어뜨렸다. 그러곤 난감한 표정을 짓더니 바닥에 떨어진 아이스크림을 그대로 둔 채 급히 화장실로 뛰어갔다. 딱히 할 일이 없어 멋쩍게 앉아 있는데, 어느 순간 뒷골이 싸했다. 누군가 머리를 툭 쳤다.

"오, 이게 누구신가? 아프다더니 햄버거집에서 소개팅이라도 하시나?"

초등학교 3학년 때부터 노골적으로 날 괴롭혀 오던 오승재였다. 나보다 키가 10센티는 더 크고 덩치도 두 배 더 컸다. 내 머리를 툭 친 수준인데도 힘이 세서 제법 매웠다. 오승재의 이죽거리는 얼굴만 봐도 난 순식간에 얼음이 된다. 몸이 자동으로 반응하는 것이다. 얼어 있는 내 모습에 오승재는 늘 더 기고만장했다. 자존심이 상하는 일이지만 통제가 안 됐다. 결국 오승재의 눈을 피하려고 고개를 푹 숙였다. 언제쯤 "너 재수 없어, 꺼져!"라고 대놓고 말할 수 있을까.

"현후, 너 돈 있냐? 햄버거 사 먹고 싶은데 용돈을 다 써 버려서. 너희 아빠 돌아가셔서 엄마가 대신 일하시지? 엄마가 간식 사 먹으라고 주신 돈 좀 줘 봐."

'교활한 놈.'

물론 속으로만 중얼거렸다. 몸이 한없이 쪼그라들고 잔뜩 겁이 났다. 주머니에 있는 돈 만 원을 오승재에게 건넸다.

"야 오승재, 너 이현후한테 돈 꿔 준 적 있어?"

또랑또랑한 목소리의 주인공은 고미래였다.

"뭐, 그렇……."

오승재가 말꼬리를 흐렸다.

"지, 지난번에 떡볶이집에서 현후가 만 원을 빌려 달라고 해서. 야, 맞지?"

게다가 승재는 평소와 다르게 말까지 더듬었다. 나는 고미래를 보며 고개를 끄덕였지만 고미래는 믿지 않는 눈치였다. 고미래는 털털하고 당돌한 스타일이다. 그래서 승재처럼 노는 아이 앞에서도 기죽지 않았다.

"고미래, 너 이현후 좋아하냐?"

오승재 미간에 11자 주름이 잡혔다.

"어쩔 티비!?"

고미래는 어깨를 으쓱하며 눈을 동그랗게 뜨고 입을 오므려 우스꽝스러운 표정을 만들었다.

고미래에게 나를 좋아하냐고 물어보는 오승재의 의도를 짐작할 수 없었다. 나를 놀리려던 건지, 아니면 돈 빼앗을 기회를 놓쳐서 심통이 난 건지. 설마 고미래한테 관심이 있는 걸까. 그건 아닐 것이다. 고미래는 남자애들한테 인기가 없다. 그렇다면 혹시 신해랑한테? 나랑 같이 있는 모습을 보고 들어왔을지도 모른다.

고미래는 종이 한 장을 내게 건네주며 말했다.

"현후 너한테 이거 전달해 주려고 왔어. 연극하는 거 우리 같은 조야. 제주도 전설이나 민담으로 연극할 거야. 근데 난 네가 대본을 써 주었으면 하는데, 어때? 지역은 네가 정해. 며칠 전에 받은 건데 내가 좀 바빠서 오늘 전해 주는 거야. 낼 학교에서 주면 늦을까 봐. 하루라도 빨리 준비하면 좋잖아. 뭐 할지 미리 생각 좀 하고 있어."

나는 무심결에 종이를 받았다. 밖으로 나가던 고미래가 오승재를 힐끗 째려보며 말했다.

"너는 안 가냐?"

오승재가 마지못해 고미래를 뒤따라 나갔다. 둘은 화장실에 다녀오던 신해랑과 마주쳤다. 신해랑은 둘에게 상냥하게 웃어 주었다. 고미래가 뒤를 한번 돌아보고는 손을 흔들며 말했다.

"연극 잘해 보자."

"미래야, 안녕! 제비초리도 잘 가!"

신해랑이 겁도 없이 오승재를 보며 말했다. 승재는 인상을 한번 쓰더니 고미래 뒤를 조용히 쫓아갔다. 오승재 뒤통수에 정말로 제비초리가 달려 있었다. 해랑이 나를 보며 씨익 웃었다.

'와, 웃으니까 존나 이쁘다.'

쪽팔린 건 잠깐 잊고 그런 생각을 했다. 고미래가 문밖에서 해랑과 나를 향해 손을 한 번 더 흔들었고, 오승재는 우리를 보며 눈을 부라렸다. 오승재는 진짜 신해랑한테 관심이 있는 걸까?

2

밤의 불청객은 두어 번 더 소란을 피운 뒤 사라졌다. 하지만 여운은 길게 남았다.

기말고사 준비 때문에 학원에 가느라 한가할 틈이 없었다. 영어는 초등학교 3학년부터 꾸준히 다녔고, 수학은 중학생이 되고부터 다니기 시작했지만 둘 다 잘하지 못한다. 영어는 외워야 할 단어가 무궁무진하게 많았고 문법 개념도 쉽게 잡히지 않았다. 수학은 더 노답이었다. 선생님의 설명을 들을 때는 이해되던 것도 혼자 문제를 풀려고 하면 머리가 하얘졌다. 학원을 계속 다녀도 실력이 향상되지 않는다.

엄마는 가끔 눈빛으로 말한다.

'괜한 돈을 쓰고 있어.'

그러나 뾰족한 대안이 없고 손 놓고 있긴 불안해서 어쩔 수 없이 학원에 보내는 눈치다. 공부를 잘하면 엄마가 더 힘이 날 테지만 내 영역 밖의 일이었다. 그나마 최선을 다하는 건 평일에 학원에 가기 싫어도 간신히 참고 다니는 일이다. 내가 어디에서 무엇을 하는지 확신이 안 선다면 엄마는 불안해서 못 견딜 거다. 학원은 엄마한테 여러모로 안정제 역할을 해 주었다. 숨통이 조금 트이는 주말에는 대부분 잠을 자거나 유튜브 영상을 보며 시간을 때웠다.

> **민섭**
> 현후야, 너희 연극한다며? 대본 네가 쓴다며?
> 너 생생한 글쓰기를 위해 마라도 한번 다녀와야 하는 거 아냐?

> 마라도에 무슨 전설이라도 있어?

> **민섭**
> 응. 스토리가 꽤 흥미로워. 게다가 거기 맛있는 짜장면도 팔거든.

어젯밤 민섭이가 보낸 톡을 받고 혀를 내둘렀다. 우리 반에 연락 통이 있는 게 분명했다. 게다가 어떻게든 먹는 것으로 엮는 게 웃기기도 했다. 그때 아빠의 마지막 유언이 생각났다. 생각할수록 진짜 궁금하고 답답했다.

야, 울 아빠 유언이 뭐였는지 알아?

민섭
아 맞다. 너희 아빠 돌아가셨지?
깜박 잊고 있었네. 뭐였는데?

마라도에 들어가면 안 된대.
진짜 어이없지 않냐?

민섭
실망이야. 명색이 유언인데 뽀대가 좀 나야 하는 거 아냐?
마라도에 보물이 숨겨져 있으니 찾아봐라!!
그 정도는 돼야 유언이지!

너답다!

민섭
아참, 너희 할아버지 마라도에서 태어나셨지?

응.

민섭
대체 뭐지?
마라도에서 누가 너희 집안 저주라도 걸었던 건가?

나도 진짜 궁금해.

민섭
근데 너 글은 언제 쓰냐?

116

아, 작년에 독서 활동으로 상 탄 게 다인데,

갑자기 나한테 연극 대본을 쓰라고 하는 게 말이 돼?

우리 조 망했다.

민섭
너 설마 21세기에 미신 믿는 거 아니지?

나 새 조사하러 마라도 가야 하는데 같이 가 볼래?

설마 마라도 간다고 진짜 뭔 일이 생기겠냐?

민섭이가 보낸 톡에 아무 답도 할 수가 없었다. 아빠가 마지막으로 남긴 말을 무시하기는 쉽지 않다. 내가 만약 죽기 직전에 마지막 말을 남긴다면 어떤 말을 남길까? 분명 어쭙잖은 농담은 아닐 것이다.

민섭이는 시간 날 때마다 틈틈이 제주 이곳저곳을 다니며 새를 관찰했다. 생물학자가 꿈이라 새에 대해선 진심이었다. 아직 꿈이 없는 나로서는 부럽기만 했다. 어쨌든 오늘은 미루지 말고 엄마한테 꼭 마라도에 대한 아빠 유언을 물어보리라 다짐했다.

민섭
아 참 현후야. 너 요즘 해랑인가 하는 그 전학생이랑은

더 친해졌어? 지난번에 살짝 말했던 아이 말야.

근데 난 어떻게 한 번도 못 봤네.

> 아냐. 짝꿍이니까 학교에서 말하는 게 전부지.
>
> 며칠 전 홍마트에서 한 번 마주쳤고.

민섭
이번에 잘해 봐. 너도 모솔 벗어나야지.

> 김민섭, 너마저 남녀로 엮는 거냐?
>
> 어쨌든 오늘 엄마랑 이야기해 보고 마라도 가는 거 결정할게.
>
> 아, 나 좀 피곤하다. 내일 연락하자.

민섭이는 말만큼 톡도 길게 했다. 그래서 눈치껏 중간에 잘라야
한다. 문득 해랑이가 궁금했다. 뭐 하냐고 톡을 보내고 싶어도 전화
번호를 알지 못했다. 반 단톡방에도 해랑은 없었다.

마냥 엄마 퇴근 시간까지 기다릴 게 아니라 산책도 할 겸 엄마 안
경원에 들러 볼 생각으로 집을 나섰다. 엄마는 아빠가 돌아가시면
서 결혼 전에 하던 안경사 일을 다시 시작했다. 다행히 동네에 나이
많은 분이 안경원을 처분하면서 운 좋게 좋은 자리에 오픈할 수 있
었다. 엄마는 하늘이 무너져도 솟아날 구멍이 있다며 좋아했지만,
매출은 석 달째 제자리였다.

안경원 문을 열고 들어가자 엄마 눈이 동그래졌다.

"어, 아들! 웬일로 가게에 나왔어? 엄마 보고 싶어 왔쩌?"

엄마는 아빠가 돌아가신 후부터 종종 닭살 돋는 표현을 잘한다.

솔직히 부담스럽다.

"엄마 저 제주도 관련 연극 대본 써야 해요. 민섭이가 생생한 글 쓰려면 마라도 한번 다녀와야 하는 거 아니냐고 하던데⋯⋯. 거기 전설이 있대요."

'마라도'라는 말이 나오자 엄마의 표정이 딱딱하게 굳었다.

"혹시 아빠가 유언으로 마라도 가면 안 된다고 한 이유 알아요?"

"그게 고조할아버지 때부터 전해 내려온 유언이야."

"무슨 유언이 그래? 그럼 엄마도 잘 모르는 거예요?"

"아빠가 전에 술 마시고 얘기해 주긴 했는데, 건성으로 들었어. 그게 유언으로 남길 정도로 중요한 이야기인 줄 알았다면 좀 더 진지하게 들었겠지?"

맥이 풀렸다. 이 말은 안 듣는 게 더 좋았다.

"아참, 집에 가면 발코니 창고 열어 봐. 아빠가 이사할 때마다 챙기던 바구니가 있거든. 그 안에 있는 상자 열어 보면 어떤 단서가 나올지도 모르겠다."

엄마다웠다. 엄마는 호기심이 제로다. 아마 호기심이 조금이라도 있었다면 한 번쯤 그 의문의 상자를 열어 보았을 것이다. 엄마의 말을 듣고 안경원을 나왔다. 마침 손님이 오기도 했다. 오래 있으면 정신없이 질주하는 오토바이처럼 잔소리 맹공격을 가할지 모를 일이다. 적당히 잘 빠져나왔다고 생각했다.

'아, 설마 밤에 들리는 소리의 정체가 그 상자 때문?'

문득 그런 생각이 들었다.

집에 도착하자마자 발코니로 곧장 가서 창고 앞에 섰다.

'한 많은 처녀 귀신이 나오는 건 아니겠지?'

막상 문을 열 생각을 하니 떨려서 랩을 중얼거렸다.

"걱정을 해서 걱정이 사라지면 무슨 걱정을 하겠어. 괜찮아. 아무 일 없을 거야."

침을 삼키고 숨을 깊이 들이마시며 문을 열었다.

쿠쿵.

둔탁한 소리를 내며 뭔가 떨어졌다. 놀라서 심장도 같이 쿵 내려앉았다. 몇 번 타지 않았는데 금세 작아져 버린 인라인스케이트였다. 안쪽에 물건이 가득 차서 문에 기대어 있다 떨어진 것이다. 창고 안에는 초등학교 때 사용하던 물총, 포장을 뜯지 않은 모기장, 쓰다 남은 벽지 등 다양한 물건들이 뒤죽박죽 어수선하게 나뒹굴고 있었다. 어찌나 정신이 없는지 귀신이 아니라 도깨비가 나올 판이었다.

엄마가 말한 정체불명의 상자는 대체 어디 있을까? 포기하고 돌아서려는데, 왼쪽 구석에 은색의 작은 상자가 보였다. 자세히 보려고 안쪽으로 좀 더 가까이 가니 발코니 조명등에 상자 뚜껑이 반사되어 은박지처럼 빛났다. 상자는 대나무로 엮은 낡은 바구니 안에 담겨 있었다. 상자를 열어 보니 뜨개질로 만든 팔찌가 나왔다. 감물로 물들였는지 갈옷처럼 고운 흙빛에 심지어 크기 조절도 할 수 있도록 만들어져 있었다. 손목이 가느다란 아이가 쓰던 것으로 보였다. 상자 안에는 사진도 한 장 들어 있었다. 검은 돌을 동그랗게 쌓아 올린 돌담이 있고, 돌담 뒤로 쪽빛 바다와 하늘이 펼쳐져 있었다.

"이게 뭐야? 대체 누가 쓰던 거지? 이 사진은 또 뭐고……."

바구니 바닥에 처음에는 눈에 들어오지 않던 종이가 보였다. 가슴을 졸이며 종이를 펼쳐 보았다. 정갈한 펜글씨로 뭔가가 쓰여 있었다.

마라도에 입성하여 간신히 살아남은 고조 이씨는 5대손까지 마라도 가는 것을 금지하라. 그래야 무사히 살아남는다. 만약 이를 어길 시 예기치 못한 화를 입으리라.

1977년 4월 24일

1977년은 아빠가 태어난 해지만 4월 24일 그날은 아빠가 태어나기 전이다. 아빠 생일은 5월 27일이기 때문이다. 엄마가 분명 고조할아버지 때부터 이어져 온 유언이라고 했다. 그렇다면 할아버지 때까지 마라도에 살았고, 아버지가 태어나기 전에 마라도에서 나왔다는 말이다. 아빠는 모슬포가 고향이기 때문이다. 물론 나도 모슬포에서 태어났다.

아빠 유언은 밤 열두 시에 들리던 소리와 어떤 관련이 있는 걸까? 웃음인지 울음인지 알 수 없는 그 소리는 진짜일까? 아니면 환청이었을까? 아니면 고양이 울음소리를 잘못 들은 걸까? 아냐, 분명 사람 목소리처럼 들렸다. 모든 게 의문투성이였다. 또 한 번 소리가 들린다면 숨지 않고 그 기원을 찾아볼 생각이다. 왜 그러는지, 대체 누구인지 꼭 물어볼 참이다. 하지만 새벽 한 시까지 기다려도 여자의 목소리는커녕 벌레 소리도 들리지 않았다. 나는 어느 순간 잠이 들었고 깊은 잠에 빠져들었다.

3

'유언으로 남길 정도면 분명 이유가 있는 거야.'

나는 등교하면서 그런 생각을 했다. 그나저나 극본 쓸 일이 걱정되었다. 민섭이 톡을 받고 잠깐 마라도에 가 볼까 하는 생각이 들었지만, 이 문제는 좀 더 고민해 보기로 했다.

교실에는 짝꿍 신해랑이 혼자 와 있었다. 수업이 시작되려면 아직도 30분이나 남았다.

"현후, 왔음? 너 이 등이야. 난 일 등."

해랑이 해맑게 웃으며 말했다.

"어? 그, 그래."

"이거, 참고해."

"이게 뭐…… 뭐야?"

"너 연극 대본 써야 하잖아. 생각나는 이야기가 있어서 내가 한 번 써 봤어. 참, 내가 썼다는 건 비밀!"

해랑이 검지손가락을 입술에 대며 진지한 표정을 지었다.

'혹시 비밀 편지?'

잠깐 헛된 기대를 해 보았다. 바로 펴 보는 건 민망해서 책상 안에 넣어 두었다. 허둥지둥 종이 뭉치를 집어넣는 걸 보고 신해랑이 살짝 웃는 것 같았다. 아무도 없는 곳에 가서 읽어 볼 생각이었다.

수업 시간은 더디게 흘러갔다. 목요일은 내가 제일 싫어하는 과목인 가정, 기술이 있어서 일주일 중 최악의 날이었다. 잠이라도 편히 자게 해 주면 좋을 텐데 선생님은 그걸 허락하지 않았다.

집에 가기 전, 같은 모둠인 아이들에게 내일까지 연극 대본을 쓰겠다고 말하고 헤어졌다. 해랑이 준 대본을 봤는데 '숨겨진 진실'이라는 제목이 붙어 있었다. 처음 들어 보는 이야기였다. 분량은 15분 정도 연극하기에 적당했다. 일단 대본을 써야 한다는 압박감에서 벗어나 맘이 놓였다. 아이들한테 보여 주고 문제가 되면 그때 다시 고쳐 볼 생각이었다.

다음 날, 모둠 아이들은 내가 건넨 대본에 대해 별다른 말을 하지 않았다. 발표 날짜가 일주일 뒤라서 배역을 정하기 바빴다. 해녀는 고미래, 해녀의 남편이자 선장은 오승재, 백발노인과 내레이션은 내가 하고 아기업개 역은 신해랑이 맡기로 했다.

〈숨겨진 진실〉

해녀   이제 그만하고 오늘은 돌아가요.

선장   그럽시다. 이번 물질은 아주 풍년이네요.

해녀와 선장은 섬을 떠날 준비를 했다. 닻을 올리고 배를 띄우는데 갑자기 바람이 불기 시작했다. 파도는 성난 거인처럼 점점 드높고 거칠어졌다.

해녀   잔잔해지면 가야겠어요.

떠나는 것을 포기하고 배를 묶어 놓자 바람이 잦아들었다. 하지만 다시 배를 띄우면 언제 그랬냐는 듯이 파도가 거칠어지며 성을 냈다. 이런 날들이 계속되었다. 식량은 이미 바닥났고 해녀와 선장의 근심은 점점 커졌다.

선장   바다의 용왕이 노한 게 틀림없어.

그러던 어느 날 밤, 해녀와 선장은 똑같은 꿈을 꾸게 되었다. 백발노인이 꿈에 나타나 말했다.

백발노인   이 섬은 예로부터 신령님이 지켜 주는 섬이다. 함부로 사람이 드나들 수 없고, 이 섬의 생산물을 제멋대로 가져갈 수 없다. 당신들은 천벌받아 마땅하다. 허나 당신들이 구제받을 방법이 한 가지 있다.

해녀, 선장   그게 무엇입니까?

백발노인   아기업개를 제물로 두고 떠나도록 하라.

해녀와 선장은 혼인을 하고 한동안 아이가 없어 길에 버려진 갓난아이를 딸처럼 키웠고 그 아이가 벌써 열 살이 되었다. 몇 달 전에는 둘 사이에 아기가 생겨 사내아이를 낳았는데, 양부모가 바닷가에 나가면 딸처럼 키운 소녀가 아기를 돌봤다. 아기를 돌보는 처녀, 즉 그 소녀가 아기업개인 것이다.

선장   그 아이는 아기업개지만 우리에게 딸이나 다름없습니다.

해녀   (흑흑.) 그건 할 수 없어요. (오열한다.)

꿈을 꾼 다음 날, 해녀와 선장은 아기업개와 아기를 배에 태우고 떠나려고 했다. 그러자 잔잔했던 바다에 또다시 거센 바람이 휘몰아치면서 배가 조금도 앞으로 나아가지 못했다.

해녀   (슬픔을 억누르며) 얘야, 저기 바위 위에 놓아둔 걸렝이(아기 업는 헝겊 띠)를 가져오너라.

아기업개는 양엄마를 의심하지 않고 걸렝이를 가지러 갔다. 그사이 바다는 잔잔해졌고 배는 제주 본섬을 향해 무심하게도 순풍순풍 달아났다. 그렇게 아기업개는 섬에 혼자 남게 되었다.

아기업개   가지 맙서. 날 두고 가지 맙서. (통곡한다.)

극본은 여기서 끝난다.
"나 이거 들어 본 이야기야. 그런데 그 아기업개는 혼자 어떻게 되었을까?"
"섬에 혼자 남았으니 굶어 죽지 않았을까?"
"그러게. 분명 신령이 제물이라고 했잖아. 그러니 전설로 남아 있겠지."
아이들의 이야기는 귀에 들어오지 않았다. 신해랑의 목소리를 어디선가 들어 본 것 같다는 생각이 들었기 때문이다. 연극 연습이 끝나고 화장실로 가는 동안 계속 생각했다.

'가지 맙서. 날 두고 가지 맙서.'

아, 생각났다. 발코니에서 났던 그 목소리다. 그 생각을 하자 팔 뚝에 오소소 소름이 돋았다.

'대체 뭐지?'

화장실에 다녀온 사이, 신해랑은 그새 집에 갔는지 보이지 않았 다. 그 후로 신해랑은 계속 학교에 나오지 않았다. 내 옆자리는 한 동안 비어 있었다. 신해랑이 왜 오지 않는지 어디로 전학 갔는지 물 어볼 사람이 없었다. 내게 학교라는 공간은 무의미해졌고 반 아이 들의 존재는 점점 흐릿해졌다. 물론 아이들 속에서 나는 더욱 의미 없는 존재가 되어 갔다.

4

몇 주가 지났다. 특별한 일은 생기지 않았다. 물론 특별한 일이 생기지 않아 다행스러운 날들이기도 했다. 하지만 여전히 미래를 생각하면 불안했고, 조금도 나아지지 않는 현실은 답답했다. 게다 가 마라도에 가지 말라는 유언을 남기고 갑작스럽게 떠난 아빠에 대한 슬픔이 조금 변질되어 엉뚱한 오기가 발동했다. 마라도에 가고 싶어졌다. 금기는 강한 유혹으로 다가오기도 한다. 뒤돌아보지 말라고 하면 뒤가 궁금해 돌아보게 되고, 웃지 말라고 하면 웃음이 나오는 법이다.

"설마 죽기야 하겠어?"

말은 그렇게 나왔지만 진짜 살고 싶었다. 나를 압살하는 불안함에 맞서고 싶었다.

운진항에 도착하니 민섭이는 매점에서 컵라면에 삼각김밥을 먹고 있었다.

"넌 벌써부터 먹냐? 마라도 가서 짜장면 먹는다며?"

"왔어? 짜장면 배는 따로 있어. 근데 넌 아침 먹었어?"

"응. 뭐, 대충 조금 먹었어."

사실 난 긴장이 되어 입맛이 없었다. 우유에 시리얼을 말아 먹고 오려다 배에서 탈이 나면 큰일이니 그마저도 건너뛰었다.

마라도 가는 배는 10분 후에 있어 바로 표를 끊고 들어갔다. 하늘에 옅은 회색 구름이 깔려 있어 뜨겁지 않은 날이었다. 마라도 가는 유람선은 꽤 컸다. 1층에는 백 명 정도 앉을 수 있는 좌석이 마련되어 있었고 그 뒤쪽으로 화장실과 작은 매점이 있었다. 민섭이와 계단으로 올라가니 시야가 확 트인 가판대가 나왔다. 가판대에는 우리를 포함해 열 명 정도 있었다.

배는 곧 출발했다. 배가 움직이면서 모슬포는 점점 멀어졌다. 제주를 만든 여신, 설문대 할망이 걸터앉을 곳이 없어 한라산 꼭대기를 뜯어 던진 곳이 산방산이 되었다는 전설처럼 산방산은 한라산 자락에서 꽤 멀리 홀로 떨어져 있었다. 배가 움직이며 불어오는 바람은 습기를 잔뜩 머금고 있어 얼굴에 닿을 때마다 촉촉하고 시원했다.

"현후야, 저거 고래지?"

민섭이가 손짓하는 곳을 보니 정말 고래 서너 마리의 등지느러미가 보였다.

"와, 나 고래 지나가는 거 처음 봐. 신기하다."

바닷가에 살아도 바다멍 할 시간을 만들기는 쉽지 않다. 아이들이 해안가에 모여 새까맣게 탈 때까지 헤엄치며 놀던 시간은 그야말로 전설이 되었다.

"남방큰돌고래겠지?"

"그런 것 같아. 작은 게 귀엽다."

그러나 몇 분 동안 보이던 고래는 사람들의 웅성거리는 소리에 놀랐는지 바닷속으로 들어가 더는 나오지 않았다. 가파도를 지나자 마라도가 훨씬 가깝게 보였다. 아주 작은 섬이었다. 마치 바다 위에 떠 있는 군함 같았다.

"민섭아, 나 마라도에서 살아 돌아올 수 있겠지?"

내 말에 민섭이가 픽, 하고 웃었다.

"왜? 갑자기 무섭냐?"

"응, 조금."

"내가 다이어트한다고 하면 너 못 믿지? 그거랑 비슷해. 별일 없을 거야. 걱정하지 마."

민섭이 비유가 좀 억지스럽기는 했지만 조금 위안이 되었다. 마라도 간다는 말을 엄마한테는 하지 않았다. 엄마의 걱정을 듣다 보면 마라도에 가 보지도 않고 맥이 빠질 게 뻔했다. 엄마가 안경원 때문에 바빠서 그나마 다행이었다.

배에서 내려 마라도에 첫발을 내딛는데 조금 떨렸다. 가파른 계단을 올라가니 상상에만 존재하던 마라도의 풍경이 펼쳐졌다. 키작은 풀들이 몸을 한껏 웅크리며 자라고 있었다. 언뜻 보면 잔디 깔린 골프장 같았다. 그 옆으로는 옹기종기 모여 있는 마을이 보였다.

민섭이는 새를 관찰하려고 챙겨 온 망원경으로 섬을 살펴보았다.

"너 배 안 고프지? 일단 소나무 숲에 한번 가 보자. 거기 새들이 좀 있을 거야."

"마라도에 소나무 숲이 있어?"

"10년 전인가 녹지를 조성하려고 만든 작은 숲이야."

"우와. 김민섭, 너 미리 공부하고 온 거야?"

"사실은 어제 엄마의 게임 허락 조건이 '마라도에 서식하는 텃새와 철새 조사하기'였어."

민섭이는 가방에서 프린트해 온 종이를 꺼내며 말했다. A4 석 장 분량이었다.

"엄마가 전문가 되고 싶으면 제대로 공부하래."

"오, 너 폼 미쳤다. 짜장면은 내가 쏠게."

나는 카드를 흔들어 보이며 히죽 웃었다.

"아주 손발이 척척 맞는군. 어서 마라도 새를 찾아 떠나 보세."

민섭이는 마라도에 두어 번 와 봤다며 먼저 길을 나섰고, 나는 그 뒤를 따랐다. 소나무 숲은 생각보다 아주 작았다. 작은 섬이라서 큰 숲을 기대하지는 않았지만 조금 시시하단 생각이 들었다. 그래도 민섭이 얘기로는 작은 숲이지만 마라도에 사는 동물들에게는 좋은 쉼터가 된다고 했다.

까옥까옥. 그때 새소리가 들렸다.

"앗, 저건 동남아시아에서 주로 서식한다는 큰부리바람까마귀야! 마라도에서 처음 발견된 귀한 새야. 길을 잃어 잠깐 쉬어 가는 철새인데, 저 새를 만나다니 운이 좋다!"

그 말을 하면서 민섭이는 재빨리 사진을 여러 장 찍었다.

"마라도가 잠깐 쉬어 가는 새들의 휴게소라 생각하니까 왠지 멋지다."

큰부리바람까마귀는 이름처럼 부리가 두툼하고 컸다.

"우리 귀한 새 한 마리를 만났으니 슬슬 짜장면 먹으러 갈까?"

민섭이가 씩 웃으며 말했고 나는 고개를 끄덕였다.

민섭이가 아는 가게가 있다며 다시 앞장섰다. 해변을 따라 걷다 보니 절이 나왔고, 그 절을 지나자 섬의 마지막 음식점이 나왔다.

"짜장면 두 그릇이요!"

주방을 향해 외치자 많이 듣던 목소리가 들렸다.

"너희들 지금 들어온 거야?"

고미래였다. 어리둥절해서 민섭이 얼굴을 보니 이미 알고 있던 눈치였다.

"너 몰랐구나? 여기가 미래 부모님이 하시는 가게야."

미래 아버지는 마라도에서 가게를 운영하며 모슬포에서 배로 출퇴근하신다고 했다. 미래는 오늘 부모님과 첫 배로 들어왔다면서 얼른 짜장면 먹고 같이 마라도 한 바퀴 돌자고 했다. 짜장면에는 돼지고기 대신 톳과 해물이 들어 있었는데, 담백하면서 깔끔한 맛이 났다. 짜장면을 게 눈 감추듯 먹어 치우고 출동 준비까지 마친 우리 둘은 미래와 함께 새 조사를 하기 위해 나섰다.

"너 혹시 기준이 아들 아니냐?"

누군가 아빠 이름을 대며 날 아는 체했다. 얼굴에 주름이 가득한 할머니 한 분이 구부정하게 서서 호기심 가득한 눈으로 나를 보고 있었다. 그러곤 마치 랩을 하듯 혼자서 우리 집 사연을 줄줄이 읊었다.

"아이쿠, 맞구먼. 내가 너희 할아버지랑 마라도에서 자란 친구다. 너희 할아버지가 결혼해서 마라도에 살았는데 너희 아빠 얼굴도 못 보고 돌아가셨지. 그게 바로 저주가 풀리지 않아 그런 거야. 너희 할머니가 할아버지 돌아가시고 용한 심방(무당)한테 굿을 했는데, 한을 품은 여자아이의 저주가 5대까지 가니 빨리 마라도를 떠나라고 했어. 네 할머니는 기준이, 아 그러니까 네 아버지가 배 속에 있을 때 모슬포로 나가서 다시는 마라도에 오지 않았어. 기준이는 모슬포에서 나고 자랐지. 그런데 마라도에 딱 한 번 낚시를 하러 왔을 거다. 마라도는 낚시꾼들이 꼭 한 번 와 보고 싶어 하는 기막힌 어장이거든. 귀한 긴꼬리벵에돔도 잡히고 말이야. 마라도에 다녀간 후, 네 아버지는 시름시름 앓다 죽었을 거다. 그런데 어쩌자고 너마저……."

"할머니, 그만하세요. 현후가 그런 말 들으면 기분이 어떻겠어요?"

진창 깊숙이 빠져 있는 나를 구해 준 건 고미래였다. 하지만 난 이미 진흙이 끈적하게 달라붙어 떨어지기 힘든 상태가 됐다. 머릿속이 뒤죽박죽 복잡했다. 발코니에서 발견된 쪽지의 배경을 듣게 되다니, 뭔가 퍼즐이 맞춰지는 기분이었다. 아빠가 낚시를 좋아하는 게 엄마는 늘 불만이었다. 기억이 되살아났다. 그래서 아빠는 유언으로 그 말을 한 걸까? 아빠는 평상시 아주 건강했지만 갑자기 혈당 수치가 확 올라가서 합병증이 왔고 손쓸 틈 없이 돌아가셨다. 병원에서도 원인을 알 수 없다고 했다.

나는 기운이 빠져 아이들 뒤를 겨우 따라갔다.

"현후야, 괜찮아?"

민섭이의 목소리는 다른 세계에서 들리는 것처럼 아련했다. 나는 겨우 고개만 끄덕였다.

해변가의 오솔길을 따라 내려가니 대한민국 최남단 비석이 서 있었다. 마라도는 내게 벼랑 끝이 될까, 아니면 또 다른 시작점이 될까? 그때 어디선가 영혼을 울리는 청명한 소리가 들렸다. 철썩이는 파도 소리에 살짝 묻히기도 했지만 소리의 주인은 어렵지 않게 찾을 수 있었다. 최남단비 옆 절벽에 자리한 커다란 바위 꼭대기에 새 한 마리가 앉아 있었다.

"장군바위 위다!! 바다지빠귀네!!"

민섭이가 손가락으로 가리키며 말했다. 바다지빠귀는 바닷가에서 흔한 새였다.

"저기 올라가면 바람이 심하게 분다는 말이 전해져서 다들 저기에는 올라가지 않아. 섬에서 바람이 불면 여러모로 위험하니까."

미래가 설명을 해 주었다.

"사람만 안 되는 거지? 새는 괜찮지?"

무심코 던진 내 질문에 미래와 민섭이가 동시에 웃었다.

"당연하지. 새는 자유롭잖아. 금기는 사람만 만들어."

미래가 어른처럼 말했다. 새는 한참 동안 장군바위 위에 앉아 울었다.

"아, 근데 나 배가 점점 아프네. 너무 급하게 먹어서 탈이 났나 봐."

갑자기 민섭이가 쪼그리고 앉아 배를 움켜잡으며 인상을 썼다.

'아직 마라도 한 바퀴도 못 돌았는데…….'

곧바로 나가야 할까 봐 걱정이 되었다.

"일단 민섭이 너는 우리 가게에 가서 약이라도 먹자. 현후 넌 어떻게 할래?"

고미래의 제안이 반가웠다. 혼자 생각할 시간이 필요했다.

"난 섬 한 바퀴 슬슬 돌고 있을게."

민섭이와 미래가 떠나고 오롯이 혼자가 되었다. 하염없이 장군바위 아래에서 낚시하는 사람들을 구경했다. 바다멍을 하니 기분이 조금 나아졌다. 이렇게 풍광이 좋은 마라도에 복잡한 가족사가 얽혀 있다니. 사실 래퍼 할머니가 전한 무당의 말을 백 퍼센트 믿지는 않지만 께름칙했다. 그 저주의 실체가 무엇인지 알고 싶었다.

엉덩이에 쥐가 나서 좀 걸어 보려고 일어났다. 자라 모양의 성당을 지나니 하얀 등대가 보였다. 등대와 성당은 사진으로 많이 봐서 그런지 낯설지 않았다. 등대 옆 꽤 높은 절벽 아래 바다가 있었다. 철썩철썩 파도 부딪치는 소리가 제법 크게 들렸는데, 아래를 내려다보니 낭떠러지라서 현기증이 났다.

바람이 불고 북쪽에서 구름이 몰려오고 있었다. 왠지 불길한 예감이 들었다. 비가 오고 파도가 세져 배가 안 뜨기라도 하면…… 나도 소녀처럼 이 섬에 갇히게 될지도 모른다. 그나저나 민섭이는 괜찮을까. 그렇게 먹어 대더니 결국엔 탈이 났나 보다.

등대에서 최남단비가 있는 남쪽을 내려다보니 절경이었다. 마라도에서 본 풍경 중 가장 아름다웠다. 파랗게 펼쳐지는 바다는 막힌 속을 확 트이게 해 주었다. 그림 같다는 표현이 정말 딱이었다. '아빠가 살아 계셨을 때 함께 왔다면 좋았을걸' 하는 아쉬움이 들었다. 하지만 그 저주가 사실이라면? 생각하기도 싫었다. 아빠는 그냥 갑자기 혈당이 올라가 돌아가셨다고 믿는 편이 나았다.

성당 근처 숲에서 나온 길고양이 한 마리가 계속 나를 따라왔다. 노란 눈동자에 몸이 온통 검은색이었다. 자리에 앉아서 고양이랑 한참을 놀았다. 사람을 잘 따르는 고양이었다. 가방에 먹을 걸 가져오지 않은 게 후회되었다. 순간 마라도의 들고양이들이 새를 공격하여 고양이 개체수를 줄여야 한다던 뉴스가 떠올랐다. 마라도에 서식하는 새는 희귀종이 많아서 그만큼 가치가 있다면서. 그렇다고 들고양이의 생명이 새보다 못하다고 단호하게 말할 수 있을까. 새 박사인 민섭이 생각은 어떤지 물어봐야겠다.

한참을 걸어도 마을은 보이지 않고 방향 표지판만 보였다. 걸어가는 방향으로 곧장 가면 선착장이, 왼쪽으로 방향을 틀어 내려가면 교회가 나온다는 표시였다. 서쪽 해안가 마을은 언덕에 가려 보이지 않았다. 교회 쪽으로 내려가면 마을이 나올 수도 있지만 일단 선착장 가는 길로 쭉 가 보기로 했다. 마침 멀리 유람선이 가는 게 보였다.

호로롱. 이름 모를 새소리가 들렸다. 입김처럼 흩어져 있던 안개가 한곳으로 모였다. 안개는 점점 부풀어 오르다가 S자 모양으로 길게 늘어져 나를 감싸기 시작했다. 형체 없는 누군가의 영혼이 가까이 온 것일까. 문득 선뜩한 기분에 휩싸였다. 두려운 마음이 들어 바삐 걸음을 옮겼다. 숨이 차도록 빠르게 걷다가 결국 안개가 없는 쪽으로 막 내달렸다. 하지만 안개를 쉽게 벗어나지는 못했다. 다행히 고양이가 먼저 야옹거리며 길을 나서 주었고 그 덕에 발을 헛디뎌 절벽 아래로 추락할 것 같은 불안감은 떨칠 수 있었다. 굵은 먹붓으로 1자를 쓱 그은 듯한 선명한 고양이의 검은 꼬리는 든든한 이정표가 되어 주었다. 그렇게 십여 분을 걷다 보니 파도 소리가 들리는 바닷가에 닿았다.

어느덧 안개가 옅어지고 둥그렇게 돌을 쌓아 올린 아득한 공간이 눈에 띄었다. 입구에 '할망당'이라는 안내판이 보였다. 그제야 마음이 놓였다. 길을 안내해 준 고양이 등을 오랫동안 쓰다듬어 주었다. 할망당이 무엇인지 궁금하여 안내판을 자세히 읽었다.

마라도에 사람이 살지 않았을 때, 모슬포에 살던 고조 이씨와 해녀들이 마라도에 들어가 물질을 하고 돌아가려는데 풍랑 때문에 꼼짝을 못 하고 있었다. 그래서 꿈속에 나타난 신령의 말대로 아기업개를 섬에 혼자 두고 떠나자 바다가 잠잠해져 집으로 돌아가게 되었다. 몇 년 후, 다시 섬에 들어가 보니 아기업개는 죽어 뼈만 남았고 사람들은 그 뼈를 잘 묻어 주고 제사를 지내 주었다고 한다. 그때부터 이곳이 신당 역할을 하여, 해녀들이 물질하기 전에 와서 무사하기를 빌거나 마을의 안녕을 기원하며 제를 올렸다는 내용이었다.

어디선가 들어 본 이야기였다. 게다가 고조 이씨…….

"앗!!"

신해랑이 주었던 연극 대본과 같은 내용이다. 그게 마라도 이야기였다니, 좀 놀랐다. 순간 좀 으스스한 기분이 들었지만 돌담 안이 아늑해서인지 졸음이 몰려왔다. 잠을 쫓아내려고 눈을 부릅떴는데도 자꾸 눈이 감겼다. 시간을 보니 배가 뜨려면 30분 정도 여유가 있었다. 잠깐 눈을 붙여야겠다고 생각했는데 곧바로 꿈속으로 직행했나 보다.

얼마나 잤을까. 잠에서 깼을 때는 이미 날이 저물고 있었다. 바다에 붉은 해그림자가 너울너울 비췄다. 배 위에 뭔가 따뜻하고 묵직한 것이 놓여 있었다. 몸을 뒤척이자 배 위의 것이 움직였다. 시커먼 털 뭉치 속 동그란 눈동자와 마주쳤다.

"엄마얏!"

나는 몸을 발딱 일으켰다. 그와 동시에 배 위에 있던 짐승도 날쌔게 돌벽 위로 올라섰다. 성당 앞에서 만난 들고양이였다. 귀와 꼬리를 세우고 한껏 긴장한 모습이었다. 나한테 호의적으로 다가와 재롱을 떨던 녀석이 왜 갑자기 저렇게 바뀐 거지? 얼떨떨한 기분으로 주변을 살폈다. 그런데 뭔가 조금씩 다르다. 분명 마라도이긴 한데, 가게가 늘어서 있던 마을이 보이지 않았다. 대신 그 자리에는 키 큰 아름드리나무가 빽빽하게 들어서 있었다. 돌담 입구에 '할망당'을 설명하는 문구도 보이지 않았다.

"현후라고 했나?"

소리 나는 쪽으로 고개를 돌려보니 양 갈래로 땋은 머리에 하얀 저고리와 검은 치마를 입은 여자아이가 서 있었다.

"신해랑, 네가 왜 여기에 있어? 그리고 여긴 어디야?"

"으흐흐흐."

웃음인지 울음인지 알 수 없는 바로 그 소리다. 기분 탓일까? 눈앞에서 들으니 날이 선 듯 서늘했다.

"서, 설마 네가 여기서 죽었다는 소녀야? 아기업개?"

"……."

신해랑을 닮은 소녀는 아무 말도 하지 않고 지그시 나를 보기만 했다. 갑자기 두려운 마음이 들었다. 등대에서 만난 안개도 심상치 않았고, 무엇인지 모를 힘에 의해 여기까지 와서 잠이 들었다. 그리고 깨어 보니 다른 세계로 이동한 것, 모든 게 비현실적이었다.

"나한테 복수하려고 여기로 데려온 거야? 맞지?"

"너희 집에 내 물건이 있어. 난 그게 필요해."

"좀 알아듣기 쉽게 설명해 봐. 그게 뭔데? 왜 그게 우리 집에 있는 건데?"

나는 그 말을 하며 아차 싶었다. 사실은 그걸 손목에 차고 왔던 것이다. 그냥 한번 차 본 건데 모르고 계속 차고 있었다.

5

"여기가 어디야?"

마라도 같다는 생각이 들었지만 확신이 서지 않았다.

"금섬이야. 아무도 올 수 없는 섬."

어제 잠들기 전, 마라도에 대해 검색하다 이곳이 예전에 금섬으로 불리었다는 것을 알게 되었다.

"아무도 올 수 없는 섬에 너는 어떻게 와 있는 거야? 나는 어떻게 여기로 온 거고?"

"나는 어쩔 수 없이 혼자 남겨진 거고, 너는 스스로 찾아왔잖아. 겁도 없이."

아빠의 음성이 들리는 것 같았다.

'마라도에는 절대로 가…… 가지 마라.'

순간 아빠의 유언을 너무 하찮게 여겼다는 후회가 밀려왔다.

"신해랑이 너 맞아? 똑같이 생겼는데……."

"너도 내가 아는 누구랑 똑같이 생겼어."

그 말을 하고 소녀는 깔깔거리며 웃었다. 하지만 곧 웃음을 거두고 냉랭함이 느껴지는 표정으로 말했다.

"한 가지 확실한 건 넌 여기서 나가기 힘들다는 거야."

아빠의 유언을 무시한 대가를 치러야 하는 걸까? 덜컥 겁이 났다. 한편으로는 '고조할아버지가 잘못한 일을 왜 내가?' 하는 의문이 속에서부터 올라왔다. 소녀가 내 어깨를 툭 쳤다.

"난 먹을 걸 구해 올 테니, 넌 좀 쉬고 있어."

좀 전의 태도와는 다르게 온화한 표정이었다. 어느 장단에 춤을 춰야 할까. 감정이 위아래로 널을 뛰는군.

"응."

나는 감정을 숨기기 위해 최대한 짧게 대답했다. 소녀는 물질하는 도구를 챙겨 바다로 갔다. 시간을 벌었다는 안도감에 속으로 쾌재를 불렀다. 탈출할 틈이 있는지 섬을 샅샅이 둘러볼 계획이었다. 손목에 차고 있던 팔찌를 빼서 평평한 돌 위에 올려 두었다. 그 애가 애타게 찾는 게 팔찌라는 걸 안 이상 더는 차고 싶지 않았다.

우선 해안가를 따라 걸어 보기로 했다. 그러나 아무리 걸어도 마을은커녕 낡은 집 한 채 보이지 않았다. 대신 사람들이 임시로 살았던 움막이 있었다. 돌로 담을 쌓고 나뭇가지와 천으로는 지붕을 만들어 임시 거처로 사용한 흔적이 보였다. 섬 주변에 자리돔 잡는 고깃배들은 한 척도 보이지 않았다. 최남단비 근처에 있던 장군바위가 보였다. 위치가 조금 다르긴 했지만 여기는 분명 마라도였다. 갑자기 두려움이 밀려왔다.

"난 돌아가고 싶어. 지금 당장. 지금이 아니면 돌아가지 못할 것 같아."

무심코 즐겨 부르던 랩 가사가 지금 내 상황과 일치했다. 나는 반복해서 흥얼거렸다. 그러곤 잠깐 숨을 돌리는데 익숙한 새 울음소리가 났다. 저건 바다지빠귀다. 친구들과 함께 보았던 그 새였다. 민섭이 아픈 배는 나았을지 궁금했다. 현실의 나는 어디에 있을까. 지금 나는 영원히 과거의 시간에 갇혀 버린 걸까. 설마…… 그럴 리 없다. 모슬포에서 학교에 다니던 평범한 일상이 그리웠다.

성당이 있던 자리에는 노란 들꽃들이 피어 있었다. 검은 고양이를 만난 장소였다. 나는 고양이 꼬리를 쫓아갔다. 그러다 보니 어느새 할망당이었다. 하지만 그때의 들고양이는 보이지 않았다. 서쪽 해안가에 나룻배 한 척이 있었지만 가운데가 뻥 뚫려 있고 테두리만 겨우 남아 있어 배라고 부르기도 민망했다. 제주 본섬으로 가는 길은 완벽하게 차단된 셈이다. 완전한 고립이었다. 헛된 희망을 버리고 소녀가 있는 곳으로 갔다. 소녀는 불을 지펴 요리를 하고 있었다. 그 애 손목에 눈에 익은 팔찌가 보였지만 모르는 체했다. 선반 위에는 사기그릇 두어 개가 놓여 있었는데, 하나는 가운데에 금이 가 있고 다른 하나는 귀퉁이가 떨어져 나가 겨우 그릇 꼴을 갖추고 있었다.

"오늘은 운이 좋아. 깊이 안 들어가고도 돌문어 한 마리를 잡았어."

아이의 목소리가 살짝 달떠 있었다. 요리에 독이 든 건 아닌지 의심스러워 멈칫했다. 그러다 소녀가 문어를 씹어서 삼키는 걸 확인하고 나서야 나도 먹기 시작했다. 문어와 함께 건져 올린 뿔소라 세 개로 푹 끓인 국물을 마시니 따뜻한 기운이 온몸에 퍼졌다. 흰 쌀밥이 없는 게 좀 아쉽다면 아쉬웠다.

"살면서 가장 무서운 일이 뭐였어?"

문득 소녀가 물었다.

"아빠 돌아가신 거."

나는 말하면서도 아차 싶었다.

"픕."

"……."

그게 웃을 일은 아니지 않나?

"나한테 가장 무서운 일은 섬에 버려진 거야. 혼자가 된 것보다 사랑하는 가족들에게 버려졌다는 사실이 더 무서웠어. 슬펐다는 표현으로는 부족해."

소녀의 목소리는 가늘게 떨렸다. 분명 나를 겨냥한 말은 아닌데 말에 가시가 있었다. 그 가시가 내 몸 구석구석을 콕콕 찌르는 것 같았다. 대체 여긴 어디일까. 엄마 생각이 나서 울고 싶었다. 섬에서 빠져나갈 방법은 없는 걸까. 머릿속이 온통 그 생각으로 가득했다.

"줄곧 이 팔찌가 생각났어. 엄마가 열 살 생일에 만들어 주신 선물이야. 내 목숨보다 중요한 거야. 유일하게 양부모님과 나를 이어 주는 끈이니까."

"복수하려고 나타난 거 아니었어?"

불쑥 묻지 않을 수 없었다. 소녀는 별다른 말을 하지 않았지만 내가 뭔가 단단히 오해하고 있었다는 생각이 들었다. 내가 알고 있는 '복수'라는 개념이 산산이 흩어지는 순간이었다.

소녀는 점심을 먹자마자 가냘픈 몸으로 습관처럼 테왁, 망사리를 둘러메고 바닷가로 갔다. 물질하기 더없이 좋은 날씨라는 말도 덧붙였다. 둘이서 뻘쭘하게 있는 것보다 그게 훨씬 나았다. 소녀가 사라지자 나는 혼잣말처럼 되뇌었다.

"여긴 관광지고 나는 잠깐 산책을 하고 있는 거다."

기분 전환을 하고 싶었다. 혹시 그 검은 고양이가 나를 이 세계로 이끈 게 아닐까. 분명 성당을 지날 때 나타난 고양이를 따라 걷다가 이곳에 이르게 되었는데. 안개 때문에 주변 풍경이 자세히 눈에 들어오지 않았다. 장군바위 근처에 조금 앉아 있다 올 생각으로 바삐 걸었다. 그나마 친구들과 함께 보았던 그 바위가 이 세계에도 존재한다는 사실은 큰 위안이 되었다. 하늘에는 구름이 낮게 깔려 있고 솔바람이 불었다. 절벽 아래에서 찰방찰방 파도 소리가 들려왔다.

"너 혹시 현후야? 이현후?"

뜻밖에도 남자 목소리가 들렸다. 게다가 아는 목소리였다.

"오승재? 네, 네가 여기 어쩐 일이야?"

"여기가 대체 어디야? 산책하다가 검은 고양이를 따라 걸었는데 여기네. 꼭 과거로 온 것 같아."

"맞아, 과거야. 잘은 모르지만."

확신이 없으니 목소리가 저절로 작아졌다.

"실화임? 대애박."

오승재는 내 말에 반박하지 않고 놀란 표정을 지었다. 문득 둘이 친하게 지냈던 유치원 시절이 떠올랐다. 그때는 서로의 집을 오가며 게임도 하고 꽤 친하게 지냈다. 그런데 언제부터 균열이 생겼지? 그 실마리를 찾으면 꼬인 실타래가 풀릴까? 하지만 그때가 기억나지도, 어떻게 될 거라는 확신이 서지도 않았다.

오승재는 한동안 말이 없었다. 그래서 좀 불안해지기 시작했다. 설마 이 작은 섬에 둘밖에 없는데 나를 괴롭힐까. 불안감이 안개처럼 스멀스멀 피어올랐다. 민섭이와 단둘이 이곳에 있어도 난감한 일이 많을 텐데, 이런 운명의 장난 같은 일이 일어나다니.

나는 침묵을 깨고 용기 내 물었다.

"너 신해랑 알지?"

"신해랑? 그게 누구야?"

"중간고사 끝나고 전학 온 애."

"무슨 헛소리야? 우리 반에 전학생 없어."

아, 나는 갑자기 머리가 핑 돌았다. 오승재의 표정을 보니 거짓말이 아닌 것 같았다.

"너 그즈음 아파서 일주일 쉬었잖아. 그래서 뭔가 헷갈린 거 아냐?"

"내 짝꿍이었는데……."

"너 짝꿍 없잖아."

"아, 맞다. 홍마트에서 고미래랑 같이 마주쳤잖아."

"그날 고미래랑 마주친 건 맞는데, 대체 그 신해랑이라는 애는 누구야? 왜 헛소리야? 너 귀신이라도 보냐?"

"연극할 때 아기업개 역을 했었는데……."

"뭔 개소리야? 아기업개 역은 없었어."

그러고 보니 아기업개 역은 맨 마지막에 딱 한 번 나왔다. 나는 차마 그 연극 대본을 신해랑이 주었다는 말은 하지 못했다. 오승재가 인상을 쓰며 오른쪽 검지를 머리에 갖다 대더니 빙글빙글 돌리며 말했다.

"너 돌았냐?"

오승재의 눈썹이 꿈틀거렸다. 뭔가 못마땅하거나 짜증 날 때 송충이가 꿈틀대듯 눈썹이 움직였는데 지금이 딱 그랬다. 갑자기 혼란스러웠다. 발코니의 울음소리, 자신을 신해랑이라고 소개한 아이 그리고 신해랑과 똑 닮은 이곳 마라도의 소녀. 현실 세계의 신해랑이 내 눈에만 보였다면 뭔가 일관성이 있었다.

"여기, 네가 서 있는 이 섬에 신해랑이랑 똑같이 생긴 여자애가 살아."

나는 가까스로 말을 꺼냈다.

"뭐? 우하하하하하."

오승재는 갑자기 호탕하게 웃었다.

"그럼 내가 네 꿈속이라도 찾아온 거냐? 보러 가자. 그 애는 어딨어?"

오승재는 내 어깨를 툭 치더니 안내하라는 듯 손으로 길 쪽을 가리켰다. 다만 조금 전과 달리 표정은 굳어 있었다. 사람이 살지 않는 무인도에 나를 괴롭히던 아이와 함께 있다니…… 차라리 바닷가 바위에 붙어 있는 흔한 따개비 중 하나로 변하고 싶었다.

우리는 한동안 걷기만 했다.

"내가 너 언제부터 재수 없었는지 알아?"

오승재의 말에 쉭쉭 바람 소리가 섞여 들어왔다. 그 애의 눈을 똑

바로 보지 않아도 번뜩이는 광채가 느껴졌다. 그동안 나는 오승재한테 이유 없는 폭력을 당해 왔다고 생각했다. 짐작 가는 게 없으니 대꾸할 말이 없었고 심장은 쪼그라들었다. 차라리 이유를 알고 맞았으면 덜 억울했을 거다.

까오옥. 근처 소나무에 앉아 있던 바다 까마귀가 푸드덕 날아가며 울었다. 그 소리에 나는 깜짝 놀랐다. 안개는 없었지만 구름이 더욱 짙어져 금방이라도 비가 흩뿌릴 것 같았다. 너울도 점점 높아졌다.

"3학년 때 산방산으로 소풍 갔던 날 기억하지?"

1년 전도 까마득한데 어떻게 5년 전을 기억하겠는가.

"아니."

진짜 생각나는 게 하나도 없었다. 아무 반응 없는 오승재를 살피려고 잠깐 고개를 돌렸는데, 주먹이 날아왔다. 매서운 한 방이다.

"읍."

코가 떨어져 나가는 기분이었다. 뭔가 흘러내려서 코를 움켜쥐니 코피였다.

"에이 씨."

순간 억울하다는 생각이 들었다. 마라도여서 그런지 모르겠지만 설명할 수 없는 용기가 생겼다.

"그냥 말해. 교묘하게 괴롭히지 말고. 너랑 나랑 여기서 못 빠져

나가면 그냥 다 끝장이야. 아직도 모르겠어?"

오승재가 픽 웃었다.

"이현후 많이 컸다. 아빠 돌아가시니 뵈는 게 없냐?"

아빠 이야기가 나오니 텔레비전 화면이 먹통이 된 것처럼 앞이 까맸다. 진짜 뵈는 게 없어졌다. 나는 머리통으로 오승재의 가슴팍을 들이받았다.

"윽!"

키가 큰 오승재를 공격하는 방법은 이것밖에 없었다. 갑작스러운 공격에 오승재가 뒤로 털썩 주저앉았다. 나는 그 순간을 놓치지 않고 오승재의 배에 올라타 따귀를 날렸다. 초등학교 때부터 지금까지 무수히 당했던 날들에 대한 복수의 따귀였다.

"너희 아빠 때문에 우리 가족의 불행이 시작됐어."

오승재가 그 말을 하면서 울었다. 정말 뜻밖이었다.

"그, 그게 무슨 말이야?"

다리에 힘이 풀렸다.

3학년 봄 산방산에 현장학습 갔던 날, 아빠는 차를 타고 가다 작은 접촉 사고를 냈다. 아빠가 회사 일로 전화를 받다 옆 차선에서 깜빡이를 켜고 들어오는 승재 엄마의 차를 보지 못한 것이다. 두 차모두 조금씩 찌그러져서 보험 처리를 했다. 양쪽 모두 특별히 다친 곳이 없어서 서로 연락처를 주고받고 헤어졌다. 그런데 바로 그날 아빠가 학교에 날 데리러 왔을 때 승재 엄마와 다시 마주쳤는데, 그때는 멀쩡했던 승재 엄마가 3주 뒤 꼬리뼈에 금이 갔다는 사실을 알게 되었다. 승재 엄마는 몸이 급격히 나빠지기 시작했고, 결국 1년 후에 원인도 알지 못하는 병으로 돌아가셨다. 승재는 그게 우리 아빠 탓이라고 생각하고 있던 것이다. 이야기를 듣고 승재의 마음이 조금 이해는 갔지만 억울한 생각이 들었다.

'내가 잘못한 게 아니잖아?'

그 말이 목구멍까지 치고 올라왔다. 그러나 내뱉지는 않았다.

해가 넘어가기 직전이었다. 날이 어둑어둑해졌다.

"여기서 밤을 보내야 하다니 끔찍해."

승재 입에서 끔찍하다는 소리가 나왔는데도 분위기는 어느 때보다 다정했다.

"그 여자애, 신해랑이라고 했냐?"

"신해랑이랑 닮긴 했는데 마라도 전설 속 소녀와 같은 아이인지는 확인하지 못했어. 그냥 나 혼자 추측하는 거야."

오승재는 곰곰이 생각하더니 말을 꺼냈다.

"그런데 이상하지 않아? 너는 너희 집안일과 엮여서 여기 불러들였다고 치고. 그럼 난 뭐야?"

"그러네. 너도 뭔가 엮여 있는 게 아닐까? 네가 알지 못하는 어떤 일로……."

"아, 복잡하다. 어째 영재학원 수학 문제보다 더 복잡하냐?!"

"그런데 넌 왜 마라도에 온 거야?"

"고미래 보러 왔지. 난 그 전설 속 신해랑 닮은 여자애는 1도 관심 없어."

오승재 말에 괜히 머쓱해졌다.

"그런데 그 아이, 진짜 이 섬에 있는 거야?"

난 어떤 대답도 할 수 없었다. 승재는 랩을 흥얼거리기 시작했다. 내가 즐겨 부르던 노래였다.

"난 돌아가고 싶어. 지금 당장. 지금이 아니면 돌아가지 못할 것 같아……."

처음에 나는 조용히 듣기만 하다가 나중에는 같이 불렀다.

"우린 먼 길을 돌아왔어. 우리가 택한 것과 택한 적이 없는 모든 것들로 우리가 되었어……."

"현후야, 우리 돌아갈 수 있겠지?"

승재가 내 이름을 다정히 부른 건 진짜 오랜만이었다. 나도 궁금했다. 우리가 돌아갈 수 있을지.

"야옹."

그때 그 고양이가 나타났다. 다시 안개가 슬금슬금 우리 주변으로 모여들었다. 안개는 무한대$^\infty$ 모양으로 우리를 감쌌다. 안개에 포위된 우리는 안개가 이끄는 대로 천천히 한 발짝씩 나아갔다. 그렇게 한동안 말없이 걷기만 했다. 걸음을 옮길수록 산더미처럼 쌓였던 오해와 불신이 점점 사그라드는 기분이 들었다. 어느덧 우리를 감싸고 있던 안개가 서서히 걷히더니 사위는 점점 어두워졌다.

"앗, 불빛이야!!"

승재의 말에 고개를 들어 보니 인근 바다에 자리돔 잡는 배들이 총총총 불을 밝히고 있었다. 승재와 나는 누가 먼저랄 것도 없이 선착장을 향해 달렸다.

바다에 접하지 않은 충청도 산골에서 나고 자라
서인지 확 트인 바다를 좋아해요. 제주는 늘 마음
으로 제일 먼저 달려가는 섬이에요. 제주 서쪽 항
구에서 배를 타고 들어가야 하는 작은 섬 마라도
는 풍광이 아름답기로 소문나 있지만 슬픈 전설
이 전해지는 곳이기도 해요.

마라도에 가면 우선 서북쪽 벼랑 옆에 있는 아기
업개당(할망당)에 들러 인사를 합니다. 그곳은 섬
으로 오가는 배들이 잘 보이는 곳에 위치해 있어
요. 한라산을 병풍처럼 끼고 있는 제주 본섬이 잘
보이는 곳이기도 하고요.

처음 아기업개 전설을 접했을 때, 제물로 바쳐진

소녀가 한없이 가여웠어요. 여러 명의 목숨을 살리기 위한 희생이었다지만 받아들이기 힘들었어요. '어린 소녀의 목숨이라도 하찮게 여기면 안 된다'는 생각을 지울 수 없었기 때문이에요. 게다가 희생된 소녀를 추모하기 위해 당집을 만든 건 이해하지만, 그 소녀를 신으로 추앙하여 섬사람들의 안위를 지키는 신으로 모신다는 게 아이러니라고 생각했어요. '아니, 대체 무슨 염치로 억울하게 희생된 소녀에게 자신들의 안전과 풍요를 빌지?'라는 의문이 들었기 때문이에요. '왜 사람은 이기적일까?' '왜 자신만 구원받길 바라지?' 그런 질문들을 끊임없이 하게 되었어요.

'마라도 전설'에 등장하는 양부모의 후손이 제주 모슬포에서 중학생으로 살고 있다면 어떤 일이 벌어질까? 그런 상상을 하며 이 이야기를 쓰게 되었어요. 분명 조금 억울할지도 모르는 아기업개(신해랑)가 그 후손(이현후)을 찾아올 거라는 생각이 들었어요. 과거에서 온 소녀는 어떤 복수를 꿈꿀까?

의외로 화해의 손을 내밀지 않을까? 현재 살아가고 있는 주인공 현후는 자기 나름의 고민과 아픔이 있을 텐데, 과거에서 온 소녀를 어떻게 이해하고 받아들일까? 여러 가지를 생각하며 「복수의 삼각형―안개 낀 섬의 초대」를 쓰게 되었어요.

복수와 사랑, 희생과 구원은 상반된 말 같지만 긴밀하게 우리의 삶에 연결되어 있어요. 우리가 앞으로 나아갈 수 있는 힘은 타인에 대한 '분노'보다는 '공감'이란 생각이 들어요. 작은 섬의 여신은 우리에게 그런 복합적인 메시지를 전해 주러 온 게 아닐까요? 아니면 진짜 큰 한 방의 복수를 꿈꾸며 준비하고 있을지도 모르겠네요.
제주 마라도에 가면 아름다운 풍광에 묻힌 '마라도 전설'을 한 번쯤 떠올려 주세요.

윤자영

추리소설 쓰는 생물 선생님. 2015년『계간 미스터리』신인상을 받으며 소설가로 데뷔했고, 2021년『교통사
고 전문 삼비 탐정』으로 한국추리문학상 대상을 받았다. 이후『라라제빵소』『십자도 살인사건』등을 썼으며,
청소년소설『수상한 졸업여행』『옐로우 큐의 살아있는 해양 박물관』은 우수과학도서로 선정됐다. 지금도 즐
거운 상상을 하며 소설을 쓰고 있다.

고려 걸그룹
잔혹사

1

한비는 우아하게 팔동작을 했다. 느릿한 장단에 맞춰 고양이처럼 사뿐 걸으며 선녀 부채를 움직였다. 앞을 보니 수많은 관중이 넋을 놓고 선녀들의 춤사위를 바라보고 있었다.

"정신들 차려. 틀리면 경을 칠 것이야!"

옆에서 춤을 추던 주선녀 화란이 부채로 입을 가리며 말했다. 장단은 점차 빨라졌다. 8선녀는 제자리에서 돌기 시작했다. 치마가 접시 모양으로 펼쳐지고 안쪽에 입은 비취색 속치마가 항아리처럼 나타났다. 관중들의 환호성이 커졌다. 8선녀는 멈추지 않고 회전하며 펼쳐 든 선녀 부채를 그대로 머리 위로 올렸다. 팔을 겹치기도 하고 엇갈리기도 했다. 빠르게 도는 모습이 마치 꽃이 피고 지는 것처럼 보였다. 빨라지던 음악이 멈추자 선녀들도 멈췄다. 곧이어 우레와 같은 함성과 박수가 터져 나왔다.

8선녀의 춤은 개천대제의 시작을 알렸다. 개천대제는 홍익인간 이념 아래 수많은 민족을 하나로 통일하신 단군을 기리는 제사였다. 이윽고 개천대제를 위해 파견된 초헌관, 아헌관, 종헌관, 집례관 등의 관리들과 마을의 양반들이 제사를 올렸다.

8선녀는 그 옆에 서서 접시를 받들거나 선녀 부채를 찬찬히 움직여 제사의 극적 효과를 높였다. 10월이었지만 한낮의 열기가 뜨거워 선녀 옷이 피부에 들러붙을 만큼 땀이 났다. 길고 긴 개천대제가 끝나자마자 한비는 방으로 들어와 바닥에 드러누웠다.

"아이고야. 8선녀는 춤만 추면 좋겠는데, 무슨 놈의 제사가 이리 길단 말입니까요."

"한비야, 제사는 아직 안 끝났어. 이제 고려산을 타야 하는데, 모르니?"

이번에 같이 선녀가 된 예주가 한비 옆에 벌러덩 누우며 말했다.

"윽! 고려산은 엄청 높잖아. 우리 이 옷차림으로 올라가야 하는 거야?"

"덥다고 옷 벗고 올라갈 수도 없잖아."

다른 선녀들 역시 볼멘소리를 하면서 주저앉았다. 8선녀는 마을의 가장 큰 행사인 개천대제를 비롯해 근처 마을의 크고 작은 행사에 동원되었다. 다른 마을에서는 선녀춤만 추면 됐다. 하지만 개천대제는 다르다. 마을에서 가장 높은 고려산 꼭대기에 올라 다시 제사를 지내야 했다.

"아이고, 단군 성조님은 왜 고려산 꼭대기에 나라를 세우셔서 우리를 이리 힘들게 하는 거냐."

한비의 농담에 다른 선녀들이 까르르 웃었다. 선녀들이 팔다리를 주무르며 쉬고 있을 때, 방문이 벌컥 열렸다.

"이년들! 우리는 하늘의 신을 맞이하는 8선녀다. 몸가짐을 바로 하거라."

화란이 방 안으로 들어오며 벌러덩 누워 있는 선녀들에게 날카롭게 꾸짖었다. 선녀들은 8선녀의 수장인 화란을 보자마자 옷을 여미며 일어났다.

"정신들 차려라! 아직 개천대제가 끝나지 않았다는 걸 모르느냐? 우리는 단군 성조님의 합그릇을 받드는 8선녀라는 것을 잊지 말거라."

주선녀인 화란은 5년 동안 8선녀를 하고 있었다. 주선녀는 가장 뛰어난 선녀라고 할 수 있으나 실상 그 반대라고 선배들은 늘 말했었다.

"뭣들 하고 있느냐! 어서 몸단장하고 고려산에 오를 준비를 하거라!"

주선녀의 호통에 선녀들은 얼른 선녀 부채를 챙겨서 밖으로 나갔다.

"한비 선녀, 예주 선녀!"

주선녀가 둘을 불렀다.

"네, 주선녀님."

한비와 예주는 주선녀에게 허리를 굽혔다.

"이따 밤에 적당히 하거라. 선녀 1년 차에는 얌전히 있어야 할 것이야!"

무슨 말인지 이해하지 못한 한비가 고개를 들고 물었다.

"무슨 말씀이신지요?"

"앙큼한 년, 모른 척하긴. 그냥 구석에 찌그러져 있으라는 말이다."

한비는 주선녀가 무슨 말을 하는지 정말 몰랐다. 주선녀는 한비를 한차례 째려보고는 밖으로 나갔다.

"도대체 뭐라는 거야?"

"너 진짜 모르니?"

예주는 주선녀의 말뜻을 이해한 것 같았다.

"뭔데? 알려 주라."

"순진한 것, 그렇다면 모르는 게 약이란다."

예주는 한비의 붉은 볼을 꼬집고는 밖으로 나갔다.

"뭔데? 동무끼리 비밀이 어디 있냐?"

한비는 얼른 예주를 따라나섰다.

2

한비는 어렸을 적 보았던 8선녀의 춤사위를 보고 자신도 8선녀가 되겠다고 마음먹었다. 8선녀는 마을 처녀들 중에서 용모가 아름답고 춤에 뛰어난 자를 선발했는데, 15세가 되면 도전할 수 있었다. 8선녀가 되고 싶어 하는 마을의 많은 처녀가 도전했기에 경쟁이 치열했다. 한비는 8선녀가 되겠다는 꿈을 안고 매일 성무 연습을 했고 그렇게 연습을 거듭한 끝에 8선녀가 될 수 있었다.

고려산 꼭대기에는 참성단이 있었다. 3300년 전 하늘에서 내려온 단군 성조님이 쌓은 재단이다. 바로 이 재단에서 8선녀들의 성무로 제사를 시작했고 하늘에서 내려주는 불을 받는 것으로 제사를 끝냈다.

그날 저녁, 선녀 2년 차인 서희가 한비와 예주를 포함해 새로 들어온 선녀들을 뒤꼍으로 몰래 불렀다.

"얘들아, 이제 우리는 연회에 갈 거란다."

한비는 두 손을 올리며 만세를 불렀다.

"만세! 오늘의 노고를 풀어주는 연회로군요."

좋아하는 한비를 보며 서희는 고개를 절레절레 흔들었다.

"한비야, 우리가 연회에 가는 진짜 이유를 모르는 거니?"

"연회 말고 뭐가 더 있습니까요?"

서희는 다른 신입 선녀들을 바라보았다.

"너희도 모르더냐?"

서희의 물음에 예주가 대답했다.

"어르신들을 모시는 겁니다요."

"예주 말이 맞다. 오늘 제사를 지내신 초헌관, 아헌관, 종헌관 어르신은 개경에 사는 높으신 관리들이야. 우리 중에서 몇 명이 그분들을 모실 거란다."

한비는 이제야 무슨 말을 하는지 알았다.

"칫, 우리더러 기생이 되라는 겁니까요?"

"얘는! 개경의 대감님들을 모시는 기생이 어디 있더냐?"

"그게 그거지요."

"넌 아직 모르나 본데, 왜 매년 선녀들이 바뀌는지 아느냐?"

"관두는 거 아닙니까요?"

"그냥 관두는 것이 아니다. 대감님의 마음에 들어 개경으로 가는 거란다."

"그게 뭐가 좋답니까요? 겨우 첩으로 들어가는 거잖아요."

"얘가, 대감의 첩은 양반이나 다름없어."

맞는 말이다. 우리 같은 신분이 대감님의 첩이 되는 건 하늘의 별

따기나 다름없다. 눈치를 보아하니 다른 선녀들 모두 이 기회를 노리는 것 같았다.

한비는 대감의 첩이 되어 양반 행세를 하는 것이 싫었다. 늙은 대감의 비위나 맞추는 삶은 싫었다. 오직 8선녀의 본분을 다하며 춤을 추고 싶었다.

"그런데 이런 얘기를 왜 하시는 겁니까?"

"너희는 아직 시간이 많잖니. 주선녀님은 이번에도 양반님들 눈에 들지 못하면 끝이야. 그러니 우리가 배려를 하자는 말이다."

선녀의 임기는 5년이다. 스무 살이 되면 그만둬야 한다.

"그래서 주선녀님의 심기가 불편했던 거군요?"

"아무튼 너희는 눈에 띄는 행동 같은 건 삼가길 바란다."

"전 관심 없으니 걱정하지 마십시오."

서희가 나가자 신입 선녀들이 동경('거울'을 이르는 말)을 꺼내 단장을 하기 시작했다.

"예주 넌 단장 안 하니?"

"나도 이런 연회가 마음에 들지 않아. 내가 수청을 들어도 대감님이 개경으로 데려가지 않으시면 난 그냥 퇴물이 되는 거니까."

"그런 무책임한 짓을!"

"대감들이 우리를 사람으로 보더냐? 그저 가지고 노는 인형처럼 생각하지."

"으…… 우리는 단군 성조님의 합그릇을 받드는 8선녀인데……."

"아무튼 어서 가자. 늦으면 주선녀가 경을 칠 거야."

선녀들은 연회장으로 갔다. 상석에는 개경에서 파견된 대감들이 자리를 잡고 있었다. 마을 수령마저 뒷자리로 밀린 것으로 보아 대단히 높으신 분들 같았다.

마을 수령이 말했다.

"오, 선녀들이 도착했구나. 대감님들이 너희들의 성무를 한 번 더 보고 싶어 한다."

"예, 준비되었습니다."

주선녀가 뒤돌더니 선녀들을 째려보았다. 실수는 하지 말되 눈에 띄는 행동 역시 하지 말라는 것이다. 선녀들은 고개를 끄덕였다.

악사들의 음악과 함께 8선녀는 성무를 추기 시작했다. 주선녀의 경고에도 불구하고 한비는 최선을 다해 춤을 추었다. 한비는 춤추는 것이 즐거웠기 때문이다. 그렇게 성무가 절정에 이르렀다. 이때만큼은 양반, 상놈 구분 없이 연회장에 있는 모든 사람이 선녀들의 춤사위를 보았다.

선녀들의 춤이 끝나자 박수갈채가 쏟아졌다. 상석에 앉아 있던 대감들도 마음에 들었는지 고개를 끄덕였다. 마을 수령이 대감들을 보며 물었다.

"대감, 어떤 아이를 원하십니까?"

초헌관을 맡았던 가장 높아 보이는 양반이 선녀들을 둘러보았다. 대감의 손가락이 찬찬히 움직였다. 선녀들은 침을 꼴깍 삼키며 눈치를 보았다. 모두 자기가 불리기를 원하는 것이리라. 하지만 선녀들의 바람을 뒤로하고 손가락은 한비 앞에 멈췄다. 그러자 수령이 우렁차게 소리쳤다.

"어서 안 오고 뭐 하느냐?"

순간 한비는 어리둥절했지만 옆에 서 있던 예주에게 등이 떠밀리는 바람에 정신을 차렸다. 한비는 상석으로 올라가 초헌관 대감의 옆자리에 앉았다. 그 뒤로 차례차례 선녀들이 지정되었다. 안타깝지만 주선녀는 개경의 다섯 관리에게 선택되지 못했다. 그저 하급 관리들 옆에서 술 시중을 들어야 했다.

초헌관 대감이 굵은 목소리를 내며 물었다.

"올해 몇이고?"

"소녀 열다섯이옵니다."

"이름은?"

"한비이옵니다."

"한비라…… 춤만큼 신비한 이름이군. 한잔 따라 보거라."

한비는 지금 자신에게 무슨 일이 벌어지고 있는지도 모른 채 초헌관 대감의 눈치를 보면서 장단을 맞췄다. 그저 대감 앞에 있는 산해진미를 먹을 수 있어서 좋았다.

분위기가 무르익었을 무렵, 초헌관 대감이 한비에게 말했다.

"성무 말고 다른 춤을 출 수 있더냐?"

한비는 여러 춤을 알고 있었다. 8선녀가 되기 위해 성무 말고도 다른 춤을 연습했었다.

"나비춤이 있습니다."

"오, 보고 싶구나. 어서 해 보거라."

옆에서 눈치를 보던 수령이 일어서더니 우렁찬 목소리로 말했다.

"모두 주목해 주십시오!"

떠들썩하던 연회장이 순식간에 조용해졌다.

"여기 이 선녀가 나비춤을 출 것입니다."

한비는 연회장 가운데로 나갔다. 연회장의 모든 시선이 한비에게 모였다. 한비가 팔을 벌리자 나비의 날개처럼 긴 소매가 펼쳐졌다.

"풍악을 울려라!"

단소의 얇은 소리를 시작으로 구슬픈 음악이 울려 퍼졌다. 한비는 선율에 몸을 맡겼다. 나비가 날갯짓을 하듯 팔을 휘젓더니 달리며 뛰어오르기도 하고 바닥에 팔을 펼쳐 주저앉기도 했다. 사람들은 탄성조차 내지 않았다. 오직 눈으로 나비춤을 담기 바빴다. 마침내 고조된 음악과 함께 춤사위가 끝났다. 박수 소리가 연회장에 가득 울려 퍼졌다. 한비는 거친 숨을 몰아쉬며 자리로 돌아와 앉았다. 초헌관 대감이 입을 열었다.

"참 신비한 춤을 보여 주는구나."

"감사합니다."

초헌관 대감은 잔에 있는 술을 입에 털어 넣고는 말을 이었다.

"오늘 밤 내 침소로 들거라."

"네?"

한비는 아까 선녀들끼리 이야기했던 게 기억났다. 첩이 되는 것은 싫었다. 갑자기 어디서 용기가 솟아 나왔는지 한비는 거침없이 얘기했다.

"소녀 하룻밤 장난감이 되는 것은 싫습니다."

"허허허. 강단 있는 아이군. 그럼 나와 함께 개경에 가자꾸나."

초헌관 대감의 말에 주변 선녀들의 눈이 커졌다.

"개경에 가다니요?"

초헌관 대감은 말이 없었다. 그때 수령이 한비 옆으로 다가왔다.

"너는 대감님의 영총(윗사람의 첩을 높여 이르는 말)이 되는 거야."

모두 부러워할 일이지만 한비는 싫었다. 차라리 옆집 순돌이와 혼인하여 사는 것이 더 재밌을 것 같았다. 한비는 그 자리에서 바로 엎드렸다.

"대감, 소녀에게는 편찮으신 부모님이 계십니다."

한비는 적당한 핑계를 대며 거절 의사를 밝혔다. 하지만 상황은 더 심각해졌다. 옆자리에 있던 아헌관 대감이 농담하듯 말을 건넸다.

"그래? 그럼 나는 어떠하냐? 내 첩이 될 마음은 있느냐?"

아헌관 대감의 말에 초헌관 대감이 술잔을 상에 탁, 하고 내려놓았다. 얼마나 세게 내려놓았는지 은 젓가락이 쇳소리를 내며 바닥에 떨어졌다.

"김 대감! 지금 나를 능멸하는 것이오?"

"이 대감님, 술자리에서 뭘 그렇게 화를 내십니까? 고작 하찮은 선녀 하나일 뿐이지 않습니까?"

"그 하찮은 선녀에게 거절당한 나는 뭐가 되는 건가?"

순식간에 연회장 분위기가 이상해졌다. 눈치를 보던 수령이 벌떡 일어나 한비에게 호통을 쳤다.

"네 이년! 어서 똑바로 말하지 못할까?"

"무엇을 말입니까요?"

한비는 벌벌 떨며 대답했다.

"그래도 이년이?"

쨍!

금속성에 한비가 고개를 들었다. 장검이 달빛에 빛났다.

"어서 말해라. 대감님의 수청을 들 것이냐?"

칼이 등장하자 소란이 일순간 멈췄다. 연회장에는 풀벌레 소리하나 들리지 않을 만큼 침묵만이 흘렀다.

"8선녀는 인형이 아닙니다."

"감히 하찮은 선녀 따위가 대감님을 욕보이다니. 내 너를 이 자리에서 죽여 버리겠다."

칼이 달빛에 번쩍이던 그때, 천둥번개가 쳤다. 얼마나 빛이 강하고 소리가 컸는지 모두 눈을 감고 귀를 막을 수밖에 없었다.

3

"야, 최한비 뭐 해?"

여기가 어디지? 정신이 들었을 때 한비는 이상한 장소에 와 있었다. 죽어서 저승에 온 것일까? 하지만 주변에는 선녀들이 있었다. 분명 연회장에 있었는데…… 지금 이곳은 딴 세상인 것 같았다.

한 선녀가 한비의 어깨를 밀치며 말했다.

"최한비 뭐야? 왜 갑자기 정신을 놓고 있어? 내일이 개천대제인데 성무를 그렇게 못 추면 어떻게 해?"

내일이 개천대제? 그런데 여기는 어디지? 뭐가 뭔지 모르겠다. 한비가 계속 두리번거리자 저 멀리서 이상한 옷을 입고 지켜보던 여자가 말했다.

"화린아, 그만하고 연습 시작하자."

한비에게 화를 낸 선녀의 이름이 화린이었다. 그러고 보니 주선녀 화란과 이름이 비슷하다. 화린은 한비를 째려보며 말했다.

"최한비, 똑바로 해! 행사 망치지 말고."

화린 선녀는 맨 앞자리로 갔다. 아무래도 화린이가 주선녀인 것 같았다. 도대체 뭐가 어떻게 된 것이냐?

아까 화린을 말리던 이상한 옷을 입은 여자가 네모난 상자를 만지자 음악이 흘러나왔다. 마치 요술이라도 부린 것 같았다. 정신이 없었지만 네모난 상자에서 흘러나온 게 성무 음악이라는 건 알 수 있었다. 한비는 정신을 차리기 위해 눈을 감았다. 일단 성무는 자신 있었다.

음악에 맞춰 선녀 부채를 움직였다. 그동안 연습해 왔던 성무와 동작이 똑같아서 다른 선녀들과 움직임을 같이했다. 한비는 부드럽게 몸을 움직였다. 그렇게 음악과 몸이 하나가 되어 성무를 마쳤다.

음악 상자를 끈 여자가 박수를 쳤다.

"모두 잘했어. 특히 한비는 몰라보게 늘었네. 혼자 많이 연습했나 봐?"

"네⋯⋯."

"자, 모두 수고했다. 이제 집으로 돌아가고 내일은 진짜 힘들 테니 오늘은 일찍 자도록 해."

여자의 말에 선녀들이 움직였다. 한비가 어떻게 해야 할지 몰라 하는데, 그때 한 선녀가 다가왔다.

"한비야, 진짜 혼자 연습한 거야?"

동무인 예주를 닮은 선녀였다. 생각하자. 한비는 지금 상황을 이해하기 위해 기억을 더듬었다. 분명 조금 전만 해도 대감님들이 있는 연회장에 있었다. 그래, 생각났다. 수령님이 칼을 들었다. 한비가 놀라 소리쳤다.

"꺅!"

"갑자기 왜 그래? 어디 아파?"

"아, 아니. 여기가 어디더냐?"

"어디긴? 학교 강당이지."

"아, 그게 아니라…… 대감님들은 어디 있지? 그리고 넌 누구더냐?"

"얘 진짜 왜 이래? 또 사극 말투 흉내 내는 거야?"

주변에 있는 물건도, 앞에 있는 예주를 닮은 아이의 말도 뭐가 뭔지 알 수 없었다. 혹시 죽어서 천국에 온 것일까?

"여기가 고려 맞더냐?"

"그래, 고려여고잖아."

여고가 뭐지?

"아니, 우리나라가 고려가 맞느냐는 말이다."

"고려 시대를 말하는 거야? 그건 천 년 전이잖아."

한비는 제자리에 주저앉았다. 마지막 기억에 의하면 분명 자신은 수령의 칼에 맞아 죽었을 것이다. 그렇다면 환생한 걸까. 천 년 후로 말이다. 왜 지금 이 순간으로 왔는지는 모르지만.

"네, 네 이름이 무엇이더냐?"

"너 진짜 어디 아프니? 나 예주잖아. 강예주."

화린도 주선녀 화란과 이름이 비슷하고 예주도 내 동무 이름과 같다니 기절할 지경이었다. 그럼 여기서 내 집은 어디란 말인가?

"나 머리가 아프다. 집으로 좀 데려다줄 수 있더냐?"

"그래. 진짜 아픈 거 같다. 일단 옷부터 갈아입자."

한비는 예주의 도움으로 집으로 돌아왔다. 지금의 집은 과거와 많이 달랐다. 하지만 아버지, 어머니는 같았다. 물론 과거의 부모님이 아니라서 "아버지, 어머니, 소녀 돌아왔습니다"라고 말했다가 한비를 아픈 사람으로 취급했지만 말이다.

한비는 자신이 과거와 비슷한 인물들이 살고 있는 천 년 후로 왔다는 걸 알게 됐다. 물론 스마트폰이라는 상자로 밤새 예주와 통화하며 알아낸 사실이었다. 멀리 떨어진 사람이랑 바로 옆에서 이야기할 수 있다는 것은 놀라웠다. 그러나 지금이 천 년 후라면 모든 것이 가능할지도 모르겠다고 한비는 생각했다. 스마트폰 저쪽에서 예주가 다소 답답한 듯 말했다.

"말투 좀 똑바로 해."

"내 말투가 어떻단 말이냐?"

그래, 천 년 후니까 말투도 바뀌었을 것이다. 한비는 말투부터 배우기로 마음먹었다.

다음 날 아침, 한비는 고려여고로 갔다. 오늘은 개천대제가 있는 날이라 강당에서 성무 연습을 한다고 했다. 지도자인 김소연 선생님이 말했다.

"교장선생님께서 여러분 성무를 점검하신다고 하니 최선을 다해 주세요. 한비는 괜찮니?"

"괜찮습니다요, 김소연 선생님. 오늘도 열심히 춤을 추겠습니다요."

말투가 이상한 한비를 김소연 선생님이 이상하게 쳐다보았다. 이를 눈치채고 예주가 나섰다.

"쌤, 한비는 걱정하지 마세요. 제가 확실히 교육시킬게요."

"그, 그래."

아이들은 선녀 옷에 부채를 들고 강당으로 나갔다. 강당에는 머리가 희끗한 어르신들이 서 있었는데, 대감님처럼 얼굴이 무서웠다. 8선녀가 성무 대형으로 서자 교장선생님이 앞으로 나왔다.

"여러분이 8선녀라는 것에 자부심을 가져야 합니다. 단군 성조께서 홍익인간의 이념으로 하늘을 열고 고조선을 세우신 지 4357년! 지금의 대한민국이 있는 것은 모두 단군 성조님 덕입니다. 성조의 제사를 받드는 전통이 우리 고려여자고등학교로 전해졌고, 여러분은 그 전통적인 제사를 받드는 8선녀로 선발되었습니다. 물론 이백 명의 신입생 중에서 가장 뛰어난 외모를 가지고 있기도 하지만 말이죠."

한비는 선녀들을 둘러보았다. 모두 자부심 강한 표정을 짓고 있었다. 과거에도 8선녀를 외모로 뽑았는데 천 년이 지난 지금도 여전할 줄은 몰랐다.

길었던 교장선생님의 연설이 끝나고 8선녀는 개천대제가 열리는 장소로 갔다. 과거보다 더 많은 사람이 모여 있었다. 무대 위에는 제사 의복을 갖춰 입은 어르신들이 의자에 앉아 있었다. 곧이어 사회자가 소리쳤다.

"여러분, 많이 기다리셨습니다. 지금부터 8선녀의 성무로 단기 4357년 개천대제를 시작하겠습니다!"

관중의 환호성과 함께 8선녀의 성무가 시작되었다. 정신이 없는 상황에도 한비는 춤추는 데 열중했다. 사람들은 8선녀의 춤을 보며 번쩍이는 불빛과 환호로 반응했다. 그런데 제사가 진행되는 중에 몇몇의 남자가 사진을 찍는다며 선녀들 앞으로 모여들었다. 이것은 제사를 마치고 나서 고려산 등반을 할 때도 마찬가지였다. 참성단에서 제사를 지냈는데, 사람들은 제사보다 8선녀에게 주목했다. 기분이 이상했다. 다행히도 8선녀에게 첩으로 들라고 하지는 않았지만, 남자들이 보내는 과도한 시선은 여전히 불쾌했다. 술에 취한 할

아버지들은 과한 농을 던지기도 했다.

"8선녀야 나한테 시집와라."

"역시 고려여고 학생들이 몸매가 좋아."

천 년이 지나도 8선녀가 이런 인형 같은 대우를 받는 게 거북했다. 김소연 선생님이 말했다.

"자, 그냥 웃으면서 지나가자."

8선녀는 관중들 사이로 빠져나갔다. 그때 한비 옆에 있던 예주가 비명을 질렀다.

"누가 내 엉덩이를 만졌어요!"

한비는 예주의 어깨를 안고 주변을 살폈다. 많은 눈이 둘을 쳐다보고 있었다. 모두 음흉한 눈길을 보내는 것 같았다. 이건 아니다. 우리 8선녀는 춤이 좋아서, 아름다운 성무를 추기 위해 있는 것이다. 가지고 놀 수 있는 인형이 아니란 말이다.

4

8선녀는 강당에 모였다. 난감한 상황이었다. 한비는 주눅 들어 있는 예주의 어깨를 감싸안았다. 한비 자신도 과거에 당했던 기억이 있기에 벌떡 일어나 김소연 선생님에게로 갔다.

"김소연 선생님, 우리는 남자들의 노리개가 아닙니다요."

"그, 그래. 나도 미안하게 생각해. 그런데 너 왜 계속 말투를 그렇게 하니?"

한비는 손으로 입을 막으며 말했다.

"아, 아니. 그러니까……."

"일단 내가 행사 주최 측에 말해 둘게. 오늘은 이만 해산하자."

김소연 선생님이 밖으로 나갔다. 한비는 예주 곁에 앉아 크게 말했다.

"우리는 단군 성조의 합그릇을 받드는 8선녀인데 말이야. 우리를 막 대하니 화가 나네."

주선녀 화린이 팔짱을 끼고 다가왔다.

"21세기에 노인네 같은 소리 하지 마."

"무슨 소리 말입니까?"

"얘 왜 이래? 왜 존댓말이야?"

한비는 주선녀가 높은 사람인 줄 알고 존댓말을 했다. 예주가 얼른 8선녀는 모두 동등하다고 귓속말을 해 주었다.

"그, 그래. 주선녀."

화린이 고개를 절레절레 흔들며 말했다.

"우리는 유명한 8선녀야. 세상 사람들이 관심을 가지는 것은 당연해. 그건 항상 그래 왔다고."

"그럼 오늘 예주가 남자들에게 희롱당한 것이 당연하다는 말이

더냐?"

"희롱? 관심이 과한 것은 사실이지만, 유별나게 굴 필요는 없다는 말이야."

같은 선녀끼리 돕지는 못할망정 도대체 화린이 무슨 말을 하는지 모르겠다. 정말 과거의 주선녀가 환생한 것 같았다.

"네가 당했어도 이럴 것이냐?"

"내 꿈을 위해서라면 난 무엇이든 각오가 되어 있어."

"네 꿈이 뭔데 그래?"

"모른 척하기야? 당연히 걸그룹에 들어가는 거지."

"걸그룹?"

한비가 모르는 듯한 눈치라서 화린은 딱딱하게 말했다.

"우리 발목 잡지나 말고 하기 싫은 사람은 그만둬! 8선녀를 하고 싶어 하는 사람은 많으니까."

한비가 반발하려고 하자 예주가 한비의 어깨를 잡았다.

"됐어. 나 이제 괜찮아졌어."

화린이 뒤돌더니 탈의실로 걸어갔다. 다른 선녀들 역시 그 뒤를 따랐다. 그때 예주가 한비의 팔을 붙잡았다.

"오늘 편들어 줘서 고마워."

"당연히 그래야지. 우리는 친한 동무인데."

"동무가 뭐냐? 절친이나 베프지."

"뭐 그건 그렇고, 아까 주선녀가 말한 걸그룹이란 게 뭐야?"

그 말에 예주의 눈이 커졌다.

"그런데 말이야, 한비 너 진짜 걸그룹을 몰라?"

천 년 후의 일을 모르는 것은 당연하다.

"너 요즘 동무니 뭐니 옛날 말을 쓰던데, 어디 머리라도 다친 거 아냐?"

"예주 동무. 아…… 아니, 예주야."

"왜 그래?"

"요즘 내가 좀 이상하지?"

"뭐, 안 이상하다고 할 수는 없지."

"사실은 말이야……."

천 년 전 고려에서 왔다고 하면 얼마나 충격을 받을까? 하지만 이대로 계속 살아갈 수는 없을 것이다. 친한 동무인 예주에게 사실 대로 말하고 여기를 벗어날 방법을 찾아야 한다.

"사실 나 천 년 전 8선녀 한비야. 아무래도 환생한 것 같아."

예주는 손으로 한비의 이마를 짚었다.

"너 만화를 너무 많이 봤나 봐."

"진짜라니까!"

"그래, 믿을게. 절친인 내가 안 믿으면 누가 믿냐? 그런데 천 년 후로 갑자기 온 이유가 뭐야?"

한비는 눈을 가늘게 뜨고 예주를 바라보았다. 예주도 눈을 가늘게 뜨고 미소를 지었다.

"사실 나도 모르겠다."

"그래도 기억나는 게 있을 거 아냐? 천 년 전 마지막 기억이 뭔지 떠올려 봐."

"아, 그래! 개천대제를 지내고 대감님들의 수발을 들었는데, 그때 첩으로 들어오라고 해서 내가 거절했거든?"

"오 마이 갓! 첩이라고? 그래서?"

"수령님이 칼을 뽑아 들었어."

예주는 침을 꼴깍 삼켰다.

"죽은 거야? 그래서 이리로 온 거고?"

"잘 모르겠어. 눈을 떠 보니 여기였어."

"그렇군. 알겠다, 이번엔 어떤 만화야?"

예주는 한비의 말을 믿지 않는 눈치였다.

"이게."

한비는 예주의 옆구리를 꼬집었다.

"아야! 알았어, 알았다고. 믿을게."

예주는 옆구리를 비비면서 한비의 얼굴을 유심히 바라봤다. 한비의 억울한 표정을 보면 믿지 않기도 어려울 것이다.

"한비 네가 환생한 거라면 좀 이상한데? 환생했다는 건 다시 태어나는 거잖아."

"그렇지. 근데 난 며칠 전 어느 순간부터 이 몸에 들어와 있었어."

"그렇단 말이지……."

예주가 한비의 몸 이곳저곳을 살폈다.

"진짜라니까!"

한비는 아직도 자신을 믿지 못하는 예주가 얄미워서 밀쳐 버리고 말았다.

"아, 알았어. 천 년 전 과거 8선녀가 현실로 왔다면……."

한비가 눈을 크게 뜨고 대답을 기다렸다.

"만화나 드라마에 답이 나와 있지."

"뭔데?"

"넌 뭔가 해결해야 할 문제가 있는 거야. 그래서 그 답을 찾고자 미래로 온 거지."

"무슨 문제?"

"그건 네가 알겠지."

하지만 한비는 무슨 문제가 있는지 몰랐다.

"그럼 내가 뭔가를 해결하면 다시 천 년 전으로 돌아갈 수 있는 걸까?"

"스토리대로 되는 거라면 그렇겠지."

"나는 대감님의 첩으로 들어가기 싫었어. 지금의 선녀도 남자들에게 희롱당하던데, 그러니까 8선녀의 본분을 지킬 수 있도록 이 문제를 해결하라는 것이 아닐까?"

"8선녀의 본분이 뭔데?"

"당연히 성무를 춰서 단군 성조님을 기쁘게 하는 거지."

"미친. 아, 미안. 너무 구시대적 발상이라서."

예주의 눈에서 생기가 돌았다.

"이제 네 말을 믿을 수 있을 것 같아. 단군 성조님을 기쁘게 하다니, 너는 천 년 전 사람임이 틀림없어."

"아직도 내 말을 못 믿는구나? 아무튼 넌 내 비밀을 아는 동무니까 날 도와야 해."

"그래, 알았어. 그 대신 동무 같은 말은 하지 마. 그리고 말투도 바꾸고. 그렇지 않으면 모두 너의 비밀을 알게 될 거야."

"말투는 네가 가르쳐 줘."

"알았어. 내가 속성 과외를 시켜 줄게."

5

현대의 8선녀는 과거보다 더 많은 성무를 췄다. 다른 마을의 축제에 가서 축하 공연을 해야 했다. 박수갈채를 받았지만 그때마다 술 취한 어르신들의 과한 농담과 희롱도 받았다.

오늘은 옆 도시의 인삼 축제에 왔다. 승합차에서 내려 대기 장소로 가자 시장님이 우리를 맞이해 주었다. 시장을 따라다니며 보좌하는 남자들을 보고 한비가 예주에게 귓속말로 물었다.

"시장은 높은 사람이야?"

"도시에서 가장 높은 사람이니까, 그렇겠지? 그래, 널 죽이려던 그 수령 정도 될 거야."

시장은 선녀들과 차례차례 악수를 하기 시작했다. 시장이 자신을 죽인 수령님이라고 생각하니 한비는 왠지 두려웠다. 그래서 눈도 못 마주치고 고개를 돌리며 악수했다. 그 모습을 본 예주가 옆구리를 툭 쳤다.

"크큭. 현대에서는 수청 들라고 하지는 않으니 두려워하지 말라고."

"누, 누가 두려워한다고 그래?"

지금은 그런 일이 없다니 다행이었다.

"우리 시의 축제를 위해 8선녀를 보내 주신 고려여고 교장선생님께 감사드립니다."

언제 왔는지 모르지만 한쪽에 교장이 서 있었다. 교장은 허리를 깊숙이 숙였다.

"아이고. 시장님, 무슨 말씀이십니까? 당연히 달려와야죠."

"허허허. 인삼 축제는 우리 시에서 가장 큰 행사입니다. 우리 시가 발전해야 고려여고가 있는 고려읍도 발전하는 것이니, 자기 일이라고 생각해 주시기 바랍니다."

"당연하지요."

시장이 8선녀를 한번 돌아보고는 밖으로 나갔다. 교장이 우리를 바라보며 말했다.

"자, 평소에 하던 대로만 하라고. 8선녀 출신은 다 좋은 대학 가는 거 알지?"

교장은 자기 말만 하고는 얼른 시장의 뒤꽁무니를 따라갔다.

축제는 8선녀의 성무로 시작되었다. 축제에 온 사람들의 환호가 이어졌다. 한비는 춤추는 것을 좋아했고, 성무를 보고 환호하는 사람들을 보니 기뻤다.

하지만 기쁨도 잠시뿐이었다. 8선녀는 한 시간마다 한 번씩 성무를 춰야 했다. 시간이 지날수록 몸도 지치는데 어느새 끈적한 시선이 느껴졌다. 그 순간 한비는 과거 대감들의 눈빛이 떠올랐다.

대기 장소로 돌아온 선녀들은 지친 나머지 의자에 늘어져 버렸다.

"뭔가 기분이 나빠."

한비의 말에 다른 선녀들도 고개를 끄덕여 동의를 표했다. 8선녀 지도자인 김소연 선생님이 미안한 눈빛으로 아이들을 돌아보았다.

"미안하구나, 이런 축제까지 오게 해서."

한비가 벌떡 일어나 선생님께 말했다.

"단군 성조님의 제사를 지내는 우리가 이런 축제에도 와야 하는 거예요?"

"8선녀의 인기가 높아지니 부르는 곳도 많구나."

"거부하면 안 돼요?"

"하지만…… 결정권자는 교장선생님……."

주선녀 화린이 일어서며 말했다.

"그만 징징대!"

"너는 우리 편이야? 저들 편이야?"

"도대체 무슨 소리야? 네 편 내 편이 어딨어? 하기 싫으면 하지 마!"

"하기 싫다는 게 아니라, 8선녀의 본분에 벗어나는……."

예주가 한비의 팔을 잡아당겼다. 눈빛을 보니 단군 성조님 이야기는 하지 말라는 것 같았다.

"칫."

그때 한 남자가 휴게실로 들어왔다. 김소연 선생님이 얼른 일어섰다.

"여기는 들어오시면 안 됩니다."

"아니, 저는 이상한 사람이 아니라…… HST엔터테인먼트에서 나왔습니다."

남자가 명함을 꺼내 정중하게 내밀었다. 김소연 선생님이 명함을 받으며 물었다.

"여기 왜 오신 거예요?"

"기획사에서 오는 것은 한 가지 이유죠."

그러더니 기획사 남자가 우리에게 다가왔다. 화린이 벌떡 일어나 환하게 웃었다.

"안녕하세요."

"그래, 너희가 추는 성무는 잘 봤다. 네가 주선녀지? 꽤 잘하더구나."

"감사합니다."

한비가 예주에게 귓속말로 물었다.

"기획사가 뭐야?"

"그때 말했던 걸그룹 있지? 그거 만드는 곳이야."

"그래서 화린이가 웃는 거구나? 그동안 웃는 걸 본 적이 없는데."

기획사 남자가 미소를 지으며 말했다.

"혹시 성무 말고 다른 춤도 보여 줄 수 있을까?"

"네, 방송 댄스 할 수 있어요."

"그래. 그럼 지금 간단히 보여 주면 좋겠구나."

화린은 빠른 음악을 틀어 놓고 다른 두 선녀와 함께 요상한 춤을 췄다. 뭔가 거친 몸동작이었다. 셋은 이상한 동작으로 마무리했다. 기획사 남자가 손뼉을 치며 물었다.

"옷이 한복이라서 그런지 동작이 잘 보이지는 않았지만, 괜찮네.

이따 무대 위에서도 할 수 있을까?"

화린은 김소연 선생님을 돌아보았다.

"선생님, 방송 댄스 해도 되죠?"

"그래. 너희만 괜찮다면 내가 행사 주최 측에 말해 볼게. 다들 성무 추느라 지쳤으니 괜찮을 것 같네."

그때 기획사 남자가 한비 앞으로 다가왔다. 남자는 하얀 이를 드러내며 웃었다.

"너는 이름이?"

"한비요. 최한비."

기획사 남자는 손가락에 끼워 놓은 명함을 건네며 물었다.

"너도 더 보여 줄 것이 있을까?"

한비는 뭐라고 대답해야 할지 몰라서 예주를 쳐다보았다. 예주가 한비 대신 명함을 낚아챘다.

"HST엔터테인먼트 이동명 실장님?"

"그래, 내가 이동명 실장이야."

이동명 실장이 씨익 웃었다. 예주는 한비가 선녀들 앞에서 췄던 전통 춤을 기억하고 얼른 한비의 등을 밀었다.

"너, 나비춤 출 수 있잖아."

"그거야 할 수 있지만……."

저 멀리 화린이 달려왔다.

"실장님, 나비춤은 전통 춤이에요. 무대에서 보여 줄 만한 춤이 아니에요."

화린은 자신만 돋보이고 싶어서 방해하려 했지만, 이동명 실장이 한비를 돌아보며 물었다.

"그래? 그럼 잠시만이라도 춰 볼 수 있을까?"

한비는 하기 싫었다. 그런데 옆에 있던 예주가 자꾸 부추겼다.

"해 봐, 한비야. 너도 걸그룹이 될 수 있잖아."

한비는 이것이 자신에게 주어진 미션이라면 어서 해결하고 과거로 돌아가고 싶었다. 걸그룹 같은 것은 되고 싶지 않았다. 하지만 예주는 벌써 스마트폰으로 음악을 찾아 틀었다. 할 수 없이 마음을 가라앉히고 나비춤을 췄다. 연습했던 춤이라서 어렵지는 않았다. 춤이 끝나자 이동명 실장이 박수를 쳤다.

"뭔가 끌어당김이 느껴지는 춤이었어."

한비는 어깨를 으쓱했다.

"이번 기획사 합숙에 꼭 초대하고 싶구나."

6

한비는 걸그룹이 되고 싶지 않았지만, 예주의 호들갑에 어쩔 수 없이 기획사 합숙에 참여했다. 이십여 명의 학생이 일주일 합숙을 하는데, 초대된 사람에는 화린도 있었다. 화린은 주선녀로 뽑힐 정도로 미모가 뛰어난 데다 걸그룹이 되기 위해 매일 춤 연습을 했다.

합숙 첫날, 넓은 댄스홀에서 개인 장기 자랑이 있었다. 한비가 8선녀 한복을 입고 넓은 홀로 들어가자 참가자들의 시선이 순식간에 모였다. 웃는 아이도 있고 서로 속삭이는 아이들도 있었다. 화려한 금발 머리를 한 아이가 한비에게 다가왔다.

"하하하. 네가 고려여고 8선녀구나?"

"그래. 그런데 왜 웃지?"

"8선녀 같은 구시대적 발상이 아직도 존재하다니, 놀라워서 그래."

"8선녀는 오천 년 된 전통이야."

"미친. 그게 무슨 전통이야? 세계화와 인공지능이 나오는 지금 이 시대에. 그리고 이름이 8선녀가 뭐냐? 계속하려면 8천사로 바꾸던가 하라고."

그 말에 아이들이 까르르 웃었다.

"이년! 이 나라 단군 성조님을 받드는 8선녀를 모욕하다니, 천벌을 받을 것이야."

"아이고, 무서워라. 이번에는 무당이냐?"

"무식한 년. 너 단군 성조는 아냐?"

"그게 뭔데?"

"아이고, 머리는 장식으로 달고 다니는구나."

한비의 도발에 금발 머리의 표정이 일그러졌다.

"이게 누굴 놀려?"

"잘 들어. 단군 성조는 기원전 2333년에 이 땅에 고조선을 세우신 우리나라 선조야. 너도 단군 성조의 후예라고."

"그런 거 몰라도 돼."

"걸그룹이 되어 세계로 나간다더니 역사도 모르는 너 같은 무식한 애가 최종 선발이 될지 모르겠네."

한비는 혀를 내밀며 "메롱" 하고 놀렸다. 금발 머리는 얼굴이 빨개져서는 자리로 돌아갔다. 한비가 빈 의자에 가서 앉자 화린이 옆으로 다가와 물었다.

"너 또 나비춤 출 거냐?"

왠지 비꼬는 듯한 말투였다.

"아니, 승무를 출 거야."

"성무가 아니고 승무?"

"그래."

화린이 혀를 차며 고개를 좌우로 흔들었다.

"같은 8선녀 출신이니까 너 생각해서 진심으로 말해 주는 건데, 여기서 그런 옷을 입고 춤을 췄다가는 웃음거리가 될 거야. 아까처럼 말이야."

한비는 주변을 돌아봤다. 다른 아이들은 자신과 옷부터 달랐다.

짧은 반바지나 몸매가 드러나는 옷을 입었다. 모두 뛰어난 미모를 자랑했다.

"네, 걱정이나 하시지. 고려여고에서는 네가 주선녀일지 몰라도 여기에선 다들 장난 아니거든."

화린의 얼굴이 잠시 일그러지다 금방 풀리더니 다시 말을 걸었다.

"그나저나 너 음악 준비했어?"

"음악도 각자 준비해야 해?"

"당연하지. 자신이 출 춤에 맞춰서 음악을 편곡해야 해."

한비는 음악을 준비한다는 것 자체를 몰랐다. 음악은 악사들이 직접 연주하는 게 아니던가. 한비가 난감한 표정을 짓자 화린이 스마트폰을 뒤졌다.

"이 음악이야?"

스마트폰에서 승무 음악이 나왔다.

"맞아."

"내가 담당자에게 전달해 줄게."

화린이가 웬일로 도움을 주는지 모르겠다. 그때 출입구가 열렸다.

"모두 주목!"

그 말과 동시에 몇 명의 심사위원이 들어왔다. 여기에 앉아 있는 아이들보다 더 화려한 외모를 가진 사람들이었다. 가운데 있던 남자 심사위원이 참가자들을 보며 말했다.

"여러분, 저는 HST엔터테인먼트 기획이사 피터 장입니다. 우리 기획사는 글로벌 걸그룹을 만드는 프로젝트를 진행하고 있습니다. 이미 일본, 대만, 사우디 멤버 구성을 마쳤습니다. 그리고 여기서 한국 멤버 세 명을 뽑을 것입니다."

피터 장은 대기하는 아이들을 둘러보다가 한비에게서 시선을 멈췄다.

"눈에 띄는 옷을 입은 지원자가 있네요? 이름이 뭐죠?"

"최한비입니다."

"옷차림부터 뭘 할지 궁금하게 만드네요. 그럼 한비 양부터 먼저 보기로 하죠."

한비는 흰 고깔을 쓰고 소매가 길고 넓은 장삼을 착용했다. 그러곤 홀연히 무대 가운데로 걸어 나간 다음 바닥에 납작 엎드렸다. 승무는 성무보다 더 길고 넓은 장삼을 입고 추기 때문에 더 화려하고 절제된 모습을 보여 줄 수 있다. 그 순간 화린이 음악을 제대로 전달했는지 목탁 소리를 시작으로 단소의 가늘며 구슬픈 음악이 흘러나왔다.

한비는 어깨를 살살 움직이며 바닥에서 서서히 일어났다. 저 어두운 밤에 총총히 박혀 있는 별을 보며 세상의 번뇌를 지우듯 온 마음을 담아 움직였다. 손가락에 혼을 담아 합장하고 발가락에 힘을 주어 사뿐히 내디뎠다. 그렇게 몇 분 동안 이어진 승무는 음악이 멈

추면서 끝이 났다. 조용한 홀에 박수 소리가 울려 퍼졌다. 피터 장이 말했다.

"음, 조지훈 시인의 「승무」를 춤으로 본 듯하네요. 훌륭해요. 춤을 보는 것만으로 세상의 번뇌가 사라지는 것 같아요."

한비는 피터 장이 무슨 말을 하는지도 모르고 그저 숨을 골랐다. 한비를 좋게 본 것은 분명했다.

"감사합니다."

"하지만!"

피터 장의 오른쪽에 앉아 있던 분홍색 머리의 여자가 다른 평가를 했다.

"음악이 너무너무 구려요. 꽹과리, 태평소, 징 소리는 너무 귀가 아파요."

이 말에 동의한다는 듯 왼쪽에 있던 선글라스 낀 여자가 고개를 끄덕였다.

"맞아요. 저런 춤은 한국적인 것을 알릴 때 일회성으로 좋긴 하지만 계속 출 수는 없어요. 그리고……."

선글라스 여자는 손으로 선글라스를 내려 코에 걸치고는 눈을 치켜뜨며 한비를 훑었다.

"한복 때문에 몸매가 보이지 않네요. 옷 갈아입고 현대 댄스 좀 춰 볼래요?"

194

"굳이 옷을 갈아입어야 하나요?"

선글라스 여성이 어깨를 으쓱 올렸다.

"당연하죠. 걸그룹이 되려면 실력뿐 아니라 뛰어난 외모를 갖춰야 하지 않을까요?"

"네, 저도 세계적인 걸그룹이 되려면 춤과 노래로 감동을 줘야 한다고 생각합니다. 그런데 대한민국의 전통적인 것을 보여 주면 더 좋겠죠."

"지금 세계를 선도하는 BTS나 블랙핑크가 한복 입고 활동하지는 않잖아요? 엔터테인먼트 측에서 보면 외적인 것도 매우 중요합니다."

"그 생각을 바꿔서 우리의 진심과 전통을 보여 주자고요. 걸그룹이 마치 외모 경쟁을 하는 것 같잖아요."

선글라스 여성이 마침내 선글라스를 벗으며 말했다.

"그 말은 참가자들이 듣기에 기분 나쁠 수 있다는 것을 명심하세요. 그건 그렇고 여긴 경쟁하는 자리입니다. 우리는 심사위원이고요. 지시를 따르세요."

"전 못 합니다."

한비의 말에 심사위원들은 서로 얼굴을 마주 보며 어이없다는 듯 웃었다. 여태까지는 아무도 그들의 지시를 거부하지 않았을 것이다. 피터 장이 한비를 보며 말했다.

"불쾌해 하지 마세요. 걸그룹이라면 옷을 맞춰 입어야 합니다. 한비 학생만 한복 입고 춤을 출 수는 없잖아요. 그러니 그 한복만 벗어 봐요."

"싫어요. 전 거부하겠습니다."

그 순간 선글라스 여성이 한비의 자기소개서에 엑스 자를 크게 쳤다.

7

한비는 기획사 건물을 돌아다니며 구경했다. 그러면서 천 년 후에 이렇게 변한다는 걸 고려 사람들은 아무도 모를 거라고 생각했다. 기획사 건물 곳곳에는 텔레비전이라는 것이 벽에 가득 달려 있어서 쉴 새 없이 신기한 동영상이 나왔다. 녹음하면 소리가 다시 나온다는 것도 신기한데, 자기 모습이 다시 나오는 동영상이 있다는 것에 한비는 더 신기해 했다.

저녁 식사는 화린과 함께했다. 성무 음악을 찾아준 화린에게 고마운 마음이 들었기 때문이다. 한비는 화린과 함께 식당에서 주는 밥을 맛있게 먹고 자동으로 나오는 음료수도 실컷 마셨다. 콜라가 너무 맛있었던 나머지 한비는 컵 두 개에 콜라를 따라 와 마시며 말했다.

"치사하게, 합숙 기간 동안은 있게 해 주지. 콜라 좀 원 없이 마시게 말이야."

"왜? 나가래?"

"반기를 들었으니 당연하지."

맞은편에 앉아 있던 화린이가 헛, 하며 바람 빠지는 소리를 냈다.

"한비 너 갑자기 변한 거 알아?"

그렇겠지. 천 년 전의 8선녀 한비니까 말이다.

"뭐, 언제 또다시 바뀔 수도 있어. 그나저나 아까 도와줘서 고마워."

"뭐가?"

"승무 음악 골라 준 거 말이야."

"너랑 나랑 고려여고 8선녀라는 건 모두가 아는데 네가 못하면 나까지 얕볼 거 아냐?"

말은 이렇게 해도 화린은 평소처럼 사납게 굴지 않고 미소를 짓고 있었다.

"나중에 나에게 나비춤이랑 승무 가르쳐 줄 수 있어?"

"네가 원한다면 가르쳐 줄 수 있지."

한비가 웬일이냐는 눈빛으로 바라보자 화린이 음료를 조금 마시고는 말했다.

"아까 다른 아이들이 8선녀를 모욕했잖아. 네가 멋지게 반격해서 나도 속이 후련했어."

"뭐, 8선녀라면 당연한 거지."

"아니야. 사실 마음속에 8선녀라는 자부심이 있었지만 부끄러운 마음도 있었거든. 이제 나도 너처럼 8선녀라는 것에 자부심을 갖고 행동할 거야."

화린에게도 8선녀의 자부심이 있었던 것이다. 걸그룹이 되기 위해서 8선녀를 이용하는 줄만 알았는데, 역시 사람 속은 모르는 일이다.

"잘됐네."

"네가 추는 승무를 가만히 보고 있는데, 너무 아름다웠어. 현대 음악과 접목하면 아주 멋지게 재탄생될 거야. 네가 아까 심사위원들 앞에서 말했던 것처럼 대한민국의 아름다움을 세계에 알릴 수 있겠지."

한비는 자신이 이곳에 언제까지 있을지 모르지만 화린에게 승무를 열심히 가르쳐 줘야겠다고 마음먹었다.

"그래, 고려여고 주선녀라면 멋지게 만들 수 있을 거야."

"내일 나간다고? 집에 혼자 갈 수 있어?"

"예주가 데리러 온대. 넌 어때? 아까 보니 다른 아이들보다 춤 실력이 뛰어나던데…… 당연히 선발되겠지?"

"아직 몰라. 오늘 밤 열한 시에 기획사 대표님 면접이 있어. 거기서 좋은 인상을 줘야지."

"뭘 면접을 그렇게 늦게 한다냐?"

"대표님이니까 바빠서 그렇겠지."

"그래. 8선녀 출신 걸그룹이 꼭 탄생하면 좋겠다."

그날 밤, 한비는 자려고 노력했지만 잠이 오지 않았다. 과거에 자신이 8선녀가 되어 성무를 추던 때가 떠올랐다. 연회가 있던 밤도 생각났다. 수령님이 들었던 무시무시한 칼도 생각났다. 한비는 옥상으로 올라갔다. 열한 시가 넘어가고 있었다. 머리 위에 떠 있는 찌그러진 보름달을 보니 고향이 더 생각났다. 그때였다. 어디선가 흐느끼는 소리가 들렸다. 커다란 물탱크 뒤쪽이었다.

'처녀 귀신인가?'

한비는 가슴속에서 두려운 마음이 솟아올랐지만 '이 시대에도 처녀 귀신이 있나?' 하는 궁금함에 물탱크 쪽으로 살금살금 걸어갔다. 울음소리는 더 선명해졌다. 그러나 가까이 다가갈수록 귀신이 아니라는 것을 알게 됐다.

"누, 누구세요?"

한비의 말에 울음소리가 멈췄다. 한비는 한 발짝 더 다가갔다. 물탱크 뒤에서 기척이 느껴졌다.

"거기 누구 있어요?"

물탱크 뒤에서 누군가 걸어 나왔다. 걸그룹 오디션에 참여한 미리라는 아이였다. 그런데 미리의 윗옷이 살짝 찢어져 있었다.

"왜 울고 있어? 근데 옷은 또 왜 그래?"

"……대표님이."

"무슨 대표님?"

"기획사 대표님이 면담 시간에 보디프로필을 확인한다고 해서……."

"그게 도대체 무슨 말이야? 보디프로필이 뭐야?"

한비가 모르는 것은 당연한 일이다.

"……너 진짜 몰라?"

한비는 고개를 끄덕였다.

"보디프로필은 속옷만 입고 사진 찍는 거야."

"걸그룹이 되려면 그걸 꼭 해야 하는 거야?"

"나도 잘 모르겠어. 대표님이 보디프로필을 안 찍으면 탈락이래. 그래서 어쩔 수 없이 찍었어. 근데 그 뒤로 속옷까지 모두 벗어야 한다길래 거부했고."

한비는 대충 어떤 상황인지 알 것 같았다. 과거에는 첩을 미끼로 8선녀를 능욕했는데, 현대에는 걸그룹을 미끼로 능욕하고 있었다. 과거나 현대나 변함이 없었다. 착한 선비 같은 사람들이 있는 반면 모두를 욕 먹이는 이런 무책임한 사람들도 있다. 고려에서는 죄를 지으면 관아에 신고했는데, 여기서는 예주가 어디에 한다고 했더라……

"그래, 경찰! 어서 경찰에 신고하자."

"하지만 내 몸을 강제로 촬영했단 말이야. 경찰에 신고하면 친구나 부모님께 공개한다고 했고."

"이런, 나쁜 놈! 그럼 어떡하지?"

어떻게 해야 할까 생각하는데, 그때 화린의 얼굴이 떠올랐다. 분명 화린이 열한 시에 대표와 면담이 있다고 했다.

"미리야, 지금 몇 시야?"

미리는 스마트폰을 확인하더니 내게 말했다.

"열한 시 십오 분."

"이런! 면담했던 곳이 어디야?"

"4층 대표실. 그런데 어떻게 하려고?"

"네 사진을 찾아야지. 화린이도 구하고."

한비는 일단 미리와 함께 4층으로 내려갔다. 복도로 접어들자 멀리서 비명이 들렸다. 분명 화린의 목소리였다. 한비는 급히 대표실 문손잡이를 돌렸다. 그러나 문은 잠겨 있었다.

"어떡하지?"

미리가 복도에 있는 소화기를 가져왔다.

"영화에서 보니 이런 걸로 내리쳐서 문을 열더라고."

한비가 커다란 소화기를 받아 문을 내리쳤지만 끄떡없었다. 문 옆을 보니 유리창이 있었다. 여기라면 쉽게 깨질 것 같았다.

"미리야, 조심해."

한비는 소화기를 들어 유리창을 향해 힘껏 던졌다. 와장창 소리가 나면서 유리가 깨졌다. 한비는 나비처럼 날아서 창문을 넘었다. 그러곤 얼른 출입문을 열어 주었다. 미리가 서둘러 방 안으로 들어왔다.

"뭔 소란이야!"

그때 안쪽 사무실 문이 열리며 한 남자가 나왔다. 기획사 대표였다. 한비는 대표의 얼굴을 보고 기절할 뻔했다.

"으악. 수령님!"

기획사 대표는 과거에 칼을 뽑아 든 수령과 매우 닮아 있었다.

"이년들이 지금 뭐 하는 짓이야?!"

한비는 침을 꼴깍 삼켰다. 두렵기는 해도 지금은 용기를 내야 했다.

"화린아, 안에 있어?"

"……살려 줘."

열린 문 사이로 화린이가 보였다. 의자에 앉아 있는데 마치 술에 취한 듯 눈이 풀려 있었다. 사무실 안에 화린이가 있다는 게 들키자 기획사 대표는 난감한 표정을 지었다. 그러더니 잠시 생각을 한 뒤 말했다.

"그래, 너 8선녀 출신 최한비라는 아이구나. 지금 상황을 모른 척해 주면 우리 기획사 연습생으로 넣어 줄게. 뒤에 있는 너도 마찬가지고. 미리라고 했나?"

과거와 현재가 이어져 있다. 수령님이 그랬던 것처럼 대표도 거짓말을 하는 듯했다.

"입만 벌리면 거짓말이지. 어서 화린이를 풀어 줘요!"

기획사 대표는 뒤쪽에 있던 미리를 보며 말했다.

"너 말이야, 사진 찍혔다는 것 잊지 마. 내 말 안 들으면 그 사진들 모두 공개해 버릴 거야. 그러니까 네가 저 애를 잡아."

그러나 미리는 한비를 잡는 대신 바닥에 있던 소화기를 집어 들었다.

"우린 당신이 가지고 노는 인형이 아니야! 우리의 꿈을 짓밟지 마세요."

미리가 들고 있던 소화기에서 하얀 분말 가루가 쏟아져 나오기 시작했다. 곧 사무실 안이 뿌옇게 변했다.

"한비 넌 어서 친구를 구해."

한비는 손으로 입을 막고 사무실 안으로 들어갔다. 화린은 의자에 묶여 있었다.

"화린아, 괜찮아?"

"음료수를 먹었는데, 그때부터 자꾸 졸려."

"어서 나가자."

한비는 화린이를 묶어 놓은 줄을 풀었다. 그러곤 화린이를 부축해서 나가려는데, 그때 한비의 다리에 충격이 가해지며 꺾이고 말았다. 대표가 골프채를 휘두른 것이다.

"아, 아파."

한비와 화린은 바닥으로 쓰러졌다.

"콜록콜록. 감히 여기를 이렇게 만들고 빠져나가겠다고?"

앞이 뿌연 상태에서도 골프채를 높이 든 대표가 보였다. 과거에 칼을 든 수령 같았다.

"멈춰요! 우리를 그냥 내보내 주세요. 그럼 더는 아무 말도 안 할게요."

미리였다. 어느새 미리의 손에는 카메라가 들려 있었다. 아까 찍힌 사진이 들어 있는 카메라를 찾아 나온 것이다.

"요즘 년들은 왜 이렇게 말을 안 들어!"

대표는 책상 위에 있는 모니터를 향해 골프채를 휘둘렀다. 그러자 엄청난 소리를 내며 모니터가 박살 났다.

"너 어서 카메라 가져와. 안 그러면 진짜 죽는다."

대표가 미리를 위협했다. 그때 한비의 눈에 빨간 소화기가 들어왔다. 대표는 골프채를 들고 미리에게 걸어가고 있었다. 한비는 온 힘을 다해 소화기를 향해 기어갔다. 용기를 내야 했다.

"나쁜 수령 놈!"

한비는 소화기를 들어 대표의 머리를 내리쳤다.

"윽!"

대표는 충격이 컸는지 겨우 벽에 기대앉았다.

"살인미수야…… 너 날 죽이려 했어."

한비는 소화기를 옆으로 던진 다음 바닥에 주저앉아 있는 화린을 일으켰다.

"대표님, 도대체 이게 무슨 일이에요?"

기획사 직원들이 속속 대표실로 들어왔다.

"오, 김 실장. 어서 경찰에 연락해. 저년이 날 죽이려 했어. 그리고 어서 녀석들을 잡아."

대표의 명령에 김 실장이 한비를 막아섰다.

"너희 잠깐 멈춰 줄래?"

"비키세요. 아니, 어서 경찰에 신고해 주세요. 저 나쁜 놈이 애들을 성추행했다고요."

"김 실장, 어서 저 카메라 빼앗아. 증거를 없애야 해."

김 실장이 손을 부르르 떨었다. 한두 번 있던 일이 아닌 것 같았다. 그때 오디션에 참여한 아이들이 하나둘 모여들었다. 깨진 창문으로, 열린 방문으로 상황을 지켜보던 아이들이 기획사 대표를 향해 스마트폰을 들었다.

"너희들 뭐 하는 거야? 어서 핸드폰 안 내려!"

기획사 대표는 폭행 혐의로 한비를 고소했다. 소화기를 들어 머리를 내리쳤으니 살인미수라고 했다.

"한비야, 걱정하지 마. 내가 다 알아서 할게."

화린이었다. 화린은 SNS를 이용했다. 기획사 대표의 횡포와 함께 연습생을 시켜 주는 조건으로 대표가 성추행을 한다는 내용을 올렸다.

기획사 대표도 지지 않았다. 기획사에 우호적인 언론사를 통해 유리한 기사를 써 내려갔다. 하지만 오디션에 참여한 아이들의 SNS 파급력은 컸다. 미리가 몰래 빼내 온 메모리 카드에 담겨 있던, 대표가 자신을 추행한 장면을 공개했다.

"한비야, 너의 용기에 감동했어. 나도 적극적으로 싸울 거야."

미리의 강력한 증거에 HST엔터테인먼트 소속 여자 연예인들이 들고일어났다. 대표가 소속 연예인들에게도 같은 짓을 하고 있었던 것이다. 뉴스에서는 이 소식과 함께 소속사 대표의 사과 모습을 방영하며 구속 수사를 한다고 했다. 또한 HST엔터테인먼트가 Korea 엔터테인먼트로 인수될 예정이라고 했다. Korea엔터테인먼트는 세계적인 그룹이 다수 있는 대형 기획사라고 하니 모든 것이 잘 해결된 듯했다.

한비는 고려여고 강당에서 화린에게 나비춤을 가르쳐 주었다. 한참 춤을 추던 화린이 갑자기 바닥에 주저앉았다.

"내가 나비춤을 너무 만만하게 봤나 봐."

"벌써 엄살이야?"

그때 강당으로 김소연 선생님이 들어왔다.

"얘들아, 누가 너희를 찾아왔는데?"

"누구요?"

김소연 선생님의 표정이 밝았다. 선생님 뒤에는 이동명 실장이 있었다. 화린의 눈이 커졌다.

"HST엔터테인먼트 이동명 실장님?"

밖에 비가 많이 오는지 이동명 실장의 머리와 양복이 온통 젖어 있었다.

"웬 비가 이리도 오는지."

이동명 실장은 옷에 묻은 물기를 털고는 명함을 꺼내 화린에게 건넸다.

"나 이제 기획사 옮겼어. Korea엔터테인먼트로."

"그런데 여기까지 웬일이세요?"

"웬일이긴? 가장 우수한 후보를 데리러 왔지? 화린 학생, 같이 갈까?"

화린과 한비는 서로를 쳐다보았다. 둘은 손바닥을 마주치며 껑충껑충 뛰었다.

"화린아, 넌 최고야."

"한비 네 덕분이야."

둘은 꼭 껴안았다. 그때 천둥번개가 쳤다. 강당 창문으로 강한 빛이 들어왔다. 너무나 강한 빛이었다.

8

"우리 8선녀는 인형이 아닙니다."

"감히 하찮은 선녀 따위가 대감님을 욕보이다니. 내 너를 이 자리에서 죽여 버리겠다."

한비가 고개를 들어 보니 주선녀 화란이 서 있었다. 화란이 수령으로부터 한비를 구하기 위해 나선 것이다. 한비는 다시 천 년 전으로 돌아와 있었다.

미래에서 당당하게 싸웠기에 한비는 걸그룹에 행해지던 불합리한 처사를 바로잡을 수 있었다. 용기를 내야 했다. 한비는 자리에서 벌떡 일어났다. 칼이 무서웠으나 침을 꼴깍 삼키고는 수령에게 소리쳤다.

"우리는 단군 성조님의 합그릇을 받드는 8선녀입니다. 감히 8선녀에게 칼을 들다니 단군 성조님이 노하실 것입니다!"

수령은 칼의 방향을 틀어 한비를 보았다.

"이년이 그것도 말이라고 입에서 나오는 대로 막 뱉는구나."

한비는 주변을 둘러보며 외쳤다.

"오늘은 개천대제 날입니다! 이 신성한 날에 칼을 뽑다니, 수령님 때문에 단군 성조님이 이 나라에 저주를 내릴 것입니다!"

사람들이 웅성대는 소리가 점차 커졌다. 수령의 얼굴도 점점 일그러졌다. 그때 예주가 일어났다.

"맞아요. 우리는 인형이 아닙니다. 우리를 이렇게 대하지 마십시오."

"닥쳐라."

"단군 성조님이 노하십니다."

8선녀 중 한 명이 일어섰다. 그렇게 하나둘 일어서더니 모든 선녀가 일어섰다. 수령의 손에 든 칼이 부르르 떨리고 있었다. 수령은 칼로 한비를 가리켰다.

"너다. 네가 이 사달의 원흉이다."

한비는 얼른 초헌관 대감 뒤로 몸을 숨겼다.

"개천대제에 칼을 뽑은 것도 모자라 대감님께 칼을 겨누다니, 드디어 미쳤군요."

한비에게 겨눈 칼이었지만 지금 그 칼은 분명 초헌관 대감을 향해 있기도 했다. 초헌관 대감이 헛기침을 했다.

"어험, 어서 칼을 거두게. 이 무슨 행동인가?"

"저, 저는 대감을 위해서······."

"오늘은 신성한 개천대제 날이 아닌가? 어서 칼을 넣어!"

대감의 일갈에 수령이 칼을 칼집에 집어넣었다.

"에헴, 신성한 날에 이런 소란이 생기다니 단군 성조님이 노하시겠네. 연회는 이것으로 마치지."

그렇게 연회는 끝이 났다. 대감들은 바로 개경으로 떠났지만 8선녀는 옥에 갇히고 말았다. 한비는 한쪽 구석에 앉아 있는 주선녀에게로 갔다.

"주선녀님, 감사합니다요."

"뭘 말이더냐?"

"저를 수령님에게서 구하지 않았습니까요?"

"됐다. 난 주선녀. 당연히 그래야지."

"다시 봤습니다요, 주선녀님."

"그만해라."

8선녀는 다닥다닥 붙어 앉아 팔짱을 꼈다. 서로의 체온이 전해지니 따뜻했다.

"이제 우리는 어떻게 될까요?"

서희 선녀가 물었다.

"단군 성조님께서 우리를 위하신다면 구해 주시겠지."

주선녀 화란이 대답했다.

화란과 한비의 용기에 8선녀가 모두 힘을 합쳐 싸웠고 이 소식은 연회장에 있던 사람들에 의해 밖으로 퍼져 나갔다. 마을 사람들은 8선녀가 잡혀 있는 관아로 몰려왔다. 정말 많은 사람이었다. 사람들은 8선녀를 이용하지 말고 어서 방면하라고 소리쳤다. 그 소리가 어찌나 큰지 깊은 감옥까지 생생하게 들렸다.

한비가 소리쳤다.

"주선녀님, 들리죠? 모두 우리 편이에요!"

"그래, 들린다. 네 용기 덕분이다."

그때 옥을 지키고 있던 포졸이 다가오더니 열쇠로 문을 열었다.

"선녀들 어서 나오시게."

주선녀가 일어서며 물었다.

"우리는 어떻게 되는 건가요?"

"방면이야."

"수령님은요?"

"개경에서 높으신 분이 오셔서 잡아갔다네."

똑같다. 천 년 후 기획사 대표 때와 같은 결말을 얻었다. 주선녀가 선녀들 앞으로 나왔다.

"윗분들이 어찌 되었든 간에 우리는 8선녀야. 내일부터 다시 성무 연습해야 하니까 단단히 각오하거라."

목소리는 단호했지만 주선녀의 표정은 밝았다. 모든 것이 잘 해결되었다.

한비는 천 년 후를 생각했다. 천 년 후의 한비도 잘 있겠지?

여러분, '단군신화'를 잘 알고 있죠? 단군신화에는
단군왕검이 제사를 지낼 때 7선녀가 그릇을 받들
고 있다는 기록이 있습니다. 그래서 지금도 개천
절이나 전국체전이 열리면 7선녀의 성무로 행사
를 시작하고 있답니다. 마침 신화를 주제로 소설
을 쓰면 어떻겠느냐는 제안이 들어왔고 7선녀 이
야기를 쓰고 싶다는 생각이 들었습니다.

소설에서는 '성인지감수성'에 대한 주제로 이야기
를 풀었습니다. 먼저 말씀드리건대 그런 문제 때
문에 7선녀라는 전통 자체를 없애 버리자는 주장
이 아님을 밝혀 둡니다.
우리는 기존에 그렇게 해 왔다는 이유만으로 불
합리한 처사를 받는 경우가 많습니다. 저는 이런

이야기를 하고 싶었습니다.

얼마 전까지만 해도 머리를 빡빡 밀어야 공부를
잘한다고 해서 남학생은 스포츠머리를 하고 여학
생은 긴 머리를 할 수 없었습니다. 두발과 공부가
정말 관계가 있을까요?
머리를 노랗게 탈색하고 귀에 피어싱을 열 개나
한 여학생을 기존의 눈으로 바라보면 학생답지 않
은 문제아입니다. 하지만 여학생은 축제 때 화려
한 춤을 추면서 자신의 열정을 뽐냈습니다. 제가
꿈이 뭐냐고 물으니 안무가가 되겠다고 합니다. 저
또한 곱지 않은 시선으로 학생을 바라봤기에 '정
말 그게 될까?' 의문을 품었습니다. 몇 년이 지난
지금, 그 학생은 졸업 후 멋진 춤을 추는 동영상을
매일 SNS에 올리고 있습니다. 종종 무대에서 공
연하는 영상도 올라오곤 합니다. 정말 멋진 안무
가가 된 것이죠.

AI가 나오고 세계화가 더 빨리 진행되고 있습니

다. 이제 기존의 전통이나 일률적인 학습으로는 문제를 해결하거나 헤쳐 나갈 수 없습니다. 개인의 재능을 찾고 그 꿈을 이루기 위해 노력하는 것이 더 맞는 해답일 수 있습니다.

동화나 전설에서 선녀는 아름답다고 나옵니다. 그래서 선녀를 뽑을 때 키나 외모에 대한 조건을 두었을지도 모릅니다. 그로 인해 선발된 자와 떨어진 자의 차별이 생겼을지도 모릅니다. 또 일부 어른들은 나쁜 생각을 했을지도 모르고요.

세계화의 물결이 몰아치는 지금이 변화의 적기라고 생각합니다. 차별과 불편이 존재하는 어느 분야든지 문제를 서로 토론하고 합의한다면 더 나은 방법을 찾고 전통을 계속 이어 나갈 수 있을 겁니다.

모두를 응원합니다. 그리고 여러분도 응원해 주시길 원합니다.

신화 속 주인공이
미래로 소환되었습니다

초판 1쇄 펴낸날 2024년 8월 20일

지은이 조영주·정명섭·이현서·윤자영
펴낸이 서상미
펴낸곳 책이라는신화

기획이사 배경진 권해진
책임편집 유혜림
표지 및 본문 디자인 김설아
홍보 문수정 오수란 이무열
마케팅 김준영 황찬영
독자 관리 이연희 **콘텐츠 관리** 김정일

독자위원장 민순현
청소년 독자위원 박초민 변지호 선율 이하준 이호준 이희광
학부모 독자위원 염인선 윤경미 임새미 장서이 최미지

출판등록 2021년 12월 22일(제2021－000188호)
주소 경기도 파주시 문발로 119, 304호(문발동)
전화 031-955-2024 **팩스** 031-955-2025
블로그 blog.naver.com/chaegira_22
포스트 post.naver.com/chaegira_22
인스타그램 @chaegira_22
유튜브 책이라는신화 채널
전자우편 chaegira_22@naver.com

ⓒ 조영주·정명섭·이현서·윤자영, 2024
ISBN 979-11-987001-7-9 43810